MARCELA
BRACHO FUENTES

JUGAR LA VIDA

 TATA

D.R. © Selector, S.A. de C.V., 2020
Doctor Erazo 120, Col. Doctores,
C.P. 06720, Ciudad de México

ISBN: 978-607-453-696-6

Primera edición: febrero de 2020

Impreso en México
Printed in Mexico

A ti, mami,
porque a tu lado mi papi
fue muy feliz.

A todos los que fuimos tocados por
tu sublime amor y jugamos la vida contigo.

prólogo

ay viajes que dejan semillas en la memoria y nos hacen crecer hacia dentro. Recordar es volverlos a recorrer. Dichas semillas germinan y expanden su esplendor frondoso de miradas, aromas, sensaciones y hallazgos que nos revelan secretos continuamente. Se genera, entonces, una convivencia, una conversación que, lejos de concluir, ahonda y nos convierte en eternos viajeros.

Jugar la vida, más que un testimonio de viaje a la India profunda, es un diálogo entre una hija y un padre, quien, días antes de la travesía de ella, muere inesperadamente.

Marcela Bracho narra los periplos y peripecias de esa odisea con fluidez y emoción. Escribe desde el asombro y, al mismo tiempo, construye un organismo palpitante porque vierte sus sentidos y sentimientos en cada mirada, cada sabor, cada tren, cada vaca, cada rata, cada deidad, cada elefante, cada piojo y cada llegada a las ciudades y los palacios que visita. Su pluma documenta, con exquisito detalle, los sitios ancestrales, el colorido, lo grandioso, la espiritualidad, la convivencia con los (en un principio extraños y después entrañables) guías turísticos y nos regala momentos en los que aparece el rostro sabio, travieso, rebelde y divertido de un padre.

A través de estas páginas, el misticismo milenario de la India baila y se entrevera sin censura con la mexicanidad alegre y la orfandad dolida de Marcela Bracho. Su curiosidad insaciable es una esponja que absorbe, un pincel que pinta, un oído aguzado que recoge rumores entre las piedras y la opulencia palaciega de imperios remotos; una nariz que olfatea los caminos pletóricos de especias, inciensos, delicias, excreciones y podredumbre. Su capacidad de adaptarse, sonriente y desafiante a lo insólito, desata los nudos caóticos de un itinerario que tiene voluntad propia, a pesar de haber sido cuidadosamente planeado. Sus brazos se abren, amorosos y dolidos, cuando llega con la hija que lleva meses por allá en un voluntariado. El candor de la sonrisa de Marcela se humedece mientras le escribe una carta a su madre o se sirve, en algún sitio sagrado y a escondidas, una cuba libre (Bacardí blanco y Coca-Cola) en honor a su padre, legendario *cuballero* con el que brinda y recrea situaciones familiares que hacen contrapunto con la majestuosidad del país que visita. Al desvelar los misterios de esa tierra fascinante, Marcela se reconoce a sí misma.

La distancia que recorremos en un viaje tan hondo, por lejano que este sea, mide, en realidad, pocos centímetros: los que hay entre un ventrículo y el otro. Mientras tanto, el corazón del padre se agiganta y palpita en la copa de un árbol, en la mirada de un mono o en la luz del amanecer en el Taj Mahal. La tinta de Marcela mantiene su flujo gracias a que no discrimina en pormenores. Es tinta inclusiva y, por lo tanto, irriga lejos de la solemnidad o el rigor de la bitácora. Es verdad que nos ilustra y nos lleva con ella a lugares maravillosos valiéndose de su narrativa depurada y precisa, pero también es verdad que, al escribir, Marcela se divierte y por ello nosotros gozamos al leerla. Diría que este es un libro de viaje pero prefiero no decirlo, pues las definiciones limitan y *Jugar la vida* es precisamente eso, un juego, un abrirse por completo y permitir que el intercambio ocurra.

Recomiendo acompañar esta lectura con pañuelos desechables. Se utilizarán para enjugar una que otra lagrimita causada por la risa, por el modo en que el amor entre padre e hija se manifiesta… y allá por el final, cuando un destello de divinidad se asoma, si sabemos verlo.

Federico Traeger

Escucha, oh, gota, entrégate sin remordimientos,
y a cambio, obtén el océano.
Escucha, gota, date a ti misma ese honor.
Y en brazos del mar, obtén la seguridad.
¿Quién en realidad podría ser tan afortunado?
¡Un océano que corteje a una gota!
En el nombre de Dios, en el nombre de Dios,
entrega una gota y recibe a cambio un mar lleno de perlas.

Rumi

carcajadas

penas hace tres días dejaste este mundo. Te llevaste el sol y el aire contigo. Las palabras se agolpan a borbotones como las lágrimas y la sangre cuando se escriben con un agujero en el alma. Sentada en una silla de piel color vino, con un cuaderno en mis rodillas y una pluma entre mis dedos, contemplo el gran ventanal que se despliega frente a mí. Destellan luces y sombras sobre la gran explanada aérea. Veo cómo se desplazan varios camiones cargados de maletas de un lado al otro. Algunos autos de aerolíneas, con sus sirenas en los toldos, escoltan a los aviones que apenas despegarán a cientos de destinos. Aterrador el movimiento permanente en el aeropuerto. Es una pequeña ciudad autónoma, despierta las veinticuatro horas del día. ¿Qué hago aquí tan lejos de mi hogar?, ¿en qué momento decidí dejar a mi mami en aquella penumbra dolorosa?, ¿cómo es que seguí con el plan de alcanzar a mi hija en la India?, ¿podré llenar este vacío con una promesa de viaje? Siento cómo una inmensa ola me sumerge en las profundidades y rompe hacia la orilla de mis emociones. Son indescifrables. Se mezclan la tristeza, la alegría, la incertidumbre y el miedo en un gran coctel interior. Me asaltan intermitentes imágenes tuyas, papito mío, como si una leve lluvia se desatara en tormenta y se precipitara en ríos de recuerdos. En este momento escucho tus carcajadas apenas audibles rompiendo mi silencio. No necesitabas de nada para reírte. Una babosada que se presentara era suficiente para ponerte de *boje*. Recuerdo esa vez en la que tú y yo estábamos tumbados en el gran inflable blanco con forma de sillón disfrutando la alberca en la casa de Woodlands. Era una mañana calurosa y soleada cuando de pronto se posó una mosca sobre tu cabeza justo como la que ahora cosquillea mi cara. Revoloteaba alrededor nuestro, enchinchando con su zumbido desquiciante. Me miraste muy serio y dijiste: "Esta estúpida viene muy campante, sin darse cuenta de que trae caca untada en todo su cuerpo peludo". ¿Te das cuenta de lo absurdo de tu comentario? Suficiente para que desembocáramos en un ataque de risa. Casi cardiaco. Nos hubiéramos podido morir allí mismo. De tus ojos azules surgían chisguetes de agua que se vertían para llenar más la piscina. Desde su camastro, mi mami, bien concentrada en el tejido, sacudía la cabeza sin entender la simpleza de aquellas carcajadas. "Niños, ya párenle, se van a ahogar", nos decía casi con envidia. ¿Era la alegría de vivir, el gozo de estar siendo en ese instante, juntos, en ese maravilloso lugar rodeado de árboles y pájaros, o simplemente fue una irrelevante explosión de energía? O, quizá, papito, había en esa descarga incontrolable una manera de sacar un poco de desolación acumulada. No lo sé. Lo cierto es que cuando reías de esa manera, la vida tenía sentido. Era un desagüe espontáneo de tu libertad. Se detenía el mundo para escuchar tu jadeo de gozo infinito. Con ese sublime sonido de tus carcajadas deseo que permanezcas a mi lado en este viaje que apenas comienza. En unas horas nos encontraremos con Marifer, la nieta que se sentía poseedora universal de tu cariño. Ella, quien de pequeñita no perdía la oportunidad de correr hacia donde tú estuvieras para jugar con tu papada rebosante. Juntos, los tres, emprenderemos esta gran aventura. No te soltaremos. Estarás en cada paso, en cada templo y palacio que visitemos y en cada platillo de curry que saboreemos. Quédate pegadito a nosotras.

El viaje ha transitado hasta ahora sin contratiempos. Todo ha marchado con puntualidad y sin tropiezos. Salí de la Ciudad de México rumbo a Houston a las catorce horas y quince minutos. Como buena hija tuya (con la puntualidad inglesa que te distinguía), llegué tres horas antes del vuelo. Sentada en la sala de espera, entretuve el tiempo agradeciendo vía Facebook a todas las personas que apenas se enteraban de tu partida y que con palabras de consuelo llenaban mi espacio virtual. Respondí a los mensajes porque no tenía la seguridad de que en la India contaría con *wifi*. Al subir al avión, me sorprendió un sentimiento de contento inoportuno. Fue desconcertante sentirlo al mezclarse con el gran pesar y congoja que me habitaban. Durante este vuelo platiqué con una señora cubana de unos setenta años. Llevaba a cuestas la muerte de un hijo hacía ya más de diez años. Hablamos de nuestras pérdidas. La mía recién consumada; la de ella, aún pesándole. "Si pierdes a un padre o una madre te conviertes en una huérfana. Es lo que corresponde. Si se muere tu esposo, eres una viuda. Pero perder a un hijo, no tiene nombre", me dijo, apesadumbrada. Su hijo, con solo treinta años de edad, catedrático en Física en una universidad prestigiada en los Estados Unidos, había sido electrocutado arreglando unos cables. Lo que rescaté de esta historia y quiero decirte es que la diferencia entre ese joven y tú es que él se fue en sus años de esplendor, pero tú, papi, te marchaste con una vida esplendorosa. Él apenas empezaba a amar y tú te fuiste con el corazón repleto de amor. ¿No será que tu corazón se paró porque ya había amado tanto? ¿No será que tus latidos dejaron de escucharse porque la intensidad de tu vida tenía caducidad? ¿Ese *corazonsote* explotó por tantas emociones, rendido por tanta carcajada y plenitud? ¡Ay, papito! Ese músculo rojo por el cual corría tanta sangre se cansó de recibir y dar tanto cariño. ¿No es acaso el corazón el representante oficial de nuestro cuerpo que tiene la credencial del amor? Qué coincidencia, ¿no crees?, qué tú, el más amoroso, hayas fallecido a causa de un infarto.

urante el largo recorrido de catorce horas para llegar a Doha, pude recapitular el velorio y el sermón que expresé en la misa con tu cuerpo presente enfrente de tantísima gente que te amaba. ¿Cuántas cosas dije? ¿Cuántas faltaron? No sé. Ya buscaré el tiempo para contarte cada detalle. Los sucesos pierden su tiempo lineal. Se revuelven. Mi mente recorre pasillos internos irreconocibles. Algunas cosas se me han borrado, otras están más nítidas. Durante el velorio, la gente nos daba el pésame, pero éramos nosotros quienes acabábamos consolándoles. Nos veían tan serenos, tan estúpidamente tranquilos. Y es que, papi, no nos quedamos con ningún rencor ni resentimiento guardados. Ninguna palabra no dicha. Ningún sentimiento no expresado. Lo que sí recuerdo muy bien es que todos coincidimos en algo: viviste como un niño alegre y travieso. Justo en este momento me viene a la cabeza aquel cuento de Jorge Bucay, en donde un hombre caminaba por tierras lejanas buscando refugio para pernoctar. Un poco antes de llegar al pueblo, llamó su atención a lo lejos una colina a la derecha del sendero. Estaba tapizada de un verde maravilloso, con árboles, pájaros y flores encantadores. Olvidó su destino y sucumbió ante la tentación de descansar en ese lugar. Empezó a caminar y descubrió unas piedras blancas distribuidas al azar. Sus ojos se posaron en una inscripción: "Abedul Tare, vivió ocho años, seis meses, dos semanas y tres días". Se dio cuenta de que esa piedra no era simplemente una piedra. Era una lápida. Sintió pena al pensar que un niño de tan corta edad estaba enterrado ahí. Siguió mirando a su alrededor y notó que la piedra de al lado también tenía una inscripción: "Jazmín Kalib, vivió cinco años, ocho meses y tres semanas". Y así, en todas las piedras, se prescribía la vida exacta de quien yacía ahí, muerto. Lo que lo sorprendió, con espanto, fue comprobar que el que más tiempo había vivido, apenas sobrepasaba los once años. Conmovido, se puso a llorar. El cuidador del cementerio pasaba por ahí y se acercó, lo miró por un rato y le preguntó si lloraba por algún familiar. El hombre le contestó que estaba consternado por tantos niños enterrados. ¿Cuál era la maldición que pesaba sobre esa pobre gente?

El anciano sonrió y dijo: "Puede usted serenarse, no hay tal maldición. Lo que pasa es que aquí tenemos una vieja costumbre. Cuando un joven cumple quince años, sus padres le regalan una libreta como esta que tengo aquí colgando del cuello, y es tradición entre nosotros que, a partir de esa fecha, cada vez que uno disfruta intensamente algo, abra la libreta y anote en ella: a la izquierda escribe lo disfrutado; a la derecha, cuánto tiempo duró ese gozo. ¿Cuánto duraron esas situaciones de alegría, de placer, de júbilo? Así vamos anotando cada momento. Cuando alguien muere, la costumbre es abrir la libreta y sumar el tiempo de lo disfrutado para escribirlo sobre su tumba. Ese es, para nosotros, el único y verdadero tiempo. El tiempo realmente vivido". Yo podría entrar en ese cementerio ahora mismo y arrodillarme para mirar tu lápida grabada: "Fernando. Vivió cuarenta años, diez meses, seis semanas y tres días. Murió de risa". Para efectos de esta parábola, presumo que tus momentos felices sumaron cuarenta años. ¿Calculé bien o le pongo más? Pero también sé, papito, que viviste muchos momentos tristes y desesperanzadores, nostálgicos y abrumadores. Sin embargo, la simpleza con la que vivías tus días fue suficiente para darle el toque de placer a todo aquello que emprendiste. Era tu sentido del humor que inundaba cada recoveco de nuestras existencias. Aún con tus quejas cotidianas del tráfico, aún cuando bufabas cada vez que levantabas el auricular si alguien llamaba interrumpiendo tu serie de televisión favorita, aún con la desesperación con la que actuabas al no poder desenredar un estambre cuando mi mamá te lo pedía: soltabas la carcajada y te reías de ti mismo. No te quedaban las máscaras de serio ni de triste ni de enojado. Más bien te acongojabas cuando los que te rodeaban se tomaban la vida tan en serio. El mantra que cantabas era simple, como el que predicó la madre Teresa: "Cada vez que le sonríes a alguien, es un acto de amor, un regalo de vida". Cuando teníamos un problema, nos sonreías con ojos tiernos y amorosos: "No sufran. La vida es para estar contentos. Todo pasa. Déjalo ir. Con el tiempo te reirás de lo que creías sin solución". Dime la verdad, papi, ¿realmente no sufriste? ¿Acaso no escondías esos sentimientos y los disfrazabas de alegría, como en esas pesadillas que, como un sonámbulo, gritabas echando golpes al aire, como si en una parte de tu inconsciente manifestaras tu dolor, tus frustraciones, tus carencias? Tampoco lo sabré. Y si así fue, qué bien lo disimulaste.

¡Ey!, ya me están dejando en Qatar. Más vale que me suba al avión pa' Delhi. Todos ya abordaron y yo sigo aquí escribiendo. Me voy.

garbanzos

e asignaron un asiento bastante có-
modo junto a la salida de emergen-
cia, pude estirar las piernas a lo largo
del pasillo. Iba sentada entre dos
hombres. El primero, un indio mo-
reno con estatura mediana, de mirada penetrante con ojos color ámbar.
Llevaba puesto orgullosamente un atuendo tradicional llamado *kurta,* de color beige con remates negros en puños y
cuello. El segundo, alto, tenía cabellos dorados con rastas
que escurrían a la altura de sus nalgas, con pantalones y cha-
marra de cuero negro y un sombrero deteriorado, como de
cowboy. Asumí que era gringo. Noté una actitud más cordial

con él que con el vecino de mi lado izquierdo. De repente, me volví y te vi recargado en la puertecilla donde se ocultan las aeromozas. Me tallé los ojos. Efectivamente, estabas ahí. Alzaste tu mano y señalaste con tu dedo índice a mis acompañantes: "¿Y estos tipos, qué onda?" Aprobaste con un toque de fascinación la mezcla de esas dos nacionalidades raras que flanqueaban a tu hija solitaria, una mujer mexicana con ojos aún melancólicos. Con una sonrisa fingida, los saludé. Cuántos mundos, cuánta biografía en sólo una hilera del avión. Me daban curiosidad. Deseaba sumirme en sus pensamientos, tocar sus historias, explorar sus sentimientos, pero sólo fue posible intercambiar escasas palabras cordiales en inglés. Lo que nos unía era la coincidencia de ese único momento compartiendo una exquisita cena india: pollo a la masala y lentejas con garbanzos. ¡Peligrosos! Tú sabes, pa', cuán peligrosos son: una verdadera bomba para el estómago. A los diez minutos de terminar de comer, los gases danzaban en mi vientre invitándome a levitar como si fuera un monje tibetano, sin meditación previa. Tú seguías tras bambalinas observando cómo me inflaba cual globo de cantoya, riendo como acostumbrabas. ¡Cómo te gustaban los garbanzos! Cada vez que los comías regañabas con seriedad a la pobre de Shanti: "Ay, perra, estás podrida. ¡Sácate de aquí!". Estuviese quien estuviese, soltabas la carcajada y te delatabas solito. Y con ese recuerdo flatulento me fui adormeciendo hasta aterrizar en mi destino.

En el aeropuerto de Delhi percibí un olor peculiar. No es que oliera mal o bien, sino distinto a cualquier otro lugar del mundo en donde he estado: una mezcla de sudor denso sazonado con cúrcuma y orégano. ¡Y eso que todavía no estaba al exterior! Al deslizar mi maleta de lona verde, vi al fondo a un par de hombres morenos sosteniendo una pancarta con mi nombre. Eran Bawar, el chofer que sería nuestro guardián y guía a lo largo de la travesía, y otro joven alto con cejas abultadas, quien era el representante de la agencia de viajes con mi itinerario completo, certificados de comidas, de hoteles, y boletos de primera clase del tren para Varanasi. A partir de ese instante, creció en mí una excitación desmedida por encontrarme con mi hija. Llegué al hotel de madrugada. Recuerdo la intensidad de la luz de ese edificio recién remodelado en una calle sin pavimentar, repleta de restaurantes y hoteles descuidados, pero, eso sí, alumbrada con neones como si fuera la avenida principal de Las Vegas. Luces de colores parpadeantes, despabilando un cansancio de veinticuatro horas de vuelo. Me despedí de mis dos anfitriones indios y subí desaforada al cuarto 46 del hotel Godwin Deluxe que, si fuera traducido al español sería algo como Dios Gana. Sin duda alguna, Dios es el más ganón al tenerte de regreso junto a él. Seguro ya se está divirtiendo a lo grande contigo. Sólo adviértele que no te dé garbanzos de cenar, ¡eh!

Abrí la puerta sigilosamente y encontré a Marifer durmiendo. No advirtió mi presencia hasta que le acaricié sus mejillas. Despertó asustada. Me miró. Caí encima de ella, casi ahogándola con mi vehemencia. ¡Tres meses de no verla! Nos besamos, nos apretamos una a la otra y acabamos lagrimeando sin dejar de abrazarnos. Al cabo de largos minutos nos separamos con dificultad, como si al desprendernos temiéramos dejarnos de nuevo. "Lo siento mucho, mami", me dijo con dificultad. Volvimos a sucumbir al abrazo. Entre penumbras, me senté al borde de la cama mientras la escuchaba decirme lo doblemente triste que se sentía. Por un lado, lo desgarrador que fue despedirse de sus niños del orfanato de Bangalore, a quienes ella cuidó durante un mes. Por el otro, la inaceptable pérdida de su abuelo. De los huérfanos me contó que los bañaba a cubetazos todas las tardes al ponerse el sol, les limpiaba los mocos mientras ella se reflejaba en esos ojos brillosos para acabar el día contándoles cuentos mientras se dormían en el suelo con apenas una manta de algodón para cubrirles el sueño. Durante las mañanas les enseñaba pequeñas frases memorizables en inglés, verbos importantes, y, en recreo, jugaba a las escondidillas y al bote pateado. Me mostró algunas fotos que tomó con su celular, en especial la de un niño de cuatro años, con quien se había encariñado, con tal fuerza, que pensó sin vacilar en adoptarlo y traerlo con ella a México. Me narraba, entre lágrimas, lo doloroso que fue enterarse repentinamente, en pleno camino hacia Delhi, de la muerte de Tata. Aún no sabía los detalles y deseaba conocerlos de inmediato. "Amor, tendremos mucho tiempo para hablar de ello. Ya mero amanece. Será mejor descansar estas escasas dos horas que nos quedan", le dije calmando su impaciencia. Afirmó con la cabeza y se sumió en la almohada mientras yo no conseguí conciliar el sueño. Incluso con lo exhaustivo del viaje, no me sentía cansada, y menos aún con los recuerdos y preguntas de difícil respuesta que agolpaban mi cabeza, pero, sobre todo, por los garbanzos que revoloteaban en mis entrañas. Preferí escribirte, como si al hacerlo me escucharas con esas grandes orejas que siempre pusiste a mi servicio. Ahora soy yo la que da oídos a mi niña, convertida en una mujer hermosa llena de amor para dar.

¡Cómo se parece a ti!

colores- olores

ormité dos horas. Amanecimos a las ocho. En la terraza de la azotea del hotel, entre cables y fusibles quemados, disfrutamos un gran desayuno: arroz con lentejas verdes, negras y amarillas. Y para rematarme, qué crees... ¡más garbanzos! Inaudito, pero cierto, y aún menos cierto tener a mi hija enfrente de mis narices. No lo creía. Tantos planes, tanta espera, tantas lágrimas. Por fin juntas lameríamos nuestras heridas. ¿Qué sorpresas nos esperaban? Nos daba igual. La aventura empezaba. Con ese agridulce entusiasmo bajamos a lavarnos los dientes, tomamos nuestras carteras y nos lanzamos a la luz del día para explorar aquella mística ciudad. Eran las diez de la mañana. Nuestro conductor estaba listo, esperándonos en un auto blanco sedán. El mismo que me recogió ayer del aeropuerto. A la luz del día lo pude ver mejor. Era un hombre de estatura mediana, regordete y ancho de espaldas, con ojos grandes, hondos y negros impregnados de dulzura y amabilidad, como si sonrieran al mirarlos. Llevaba dos aretes brillantes en sus orejas. Se veía simpático y atento. Sería un placer viajar con él. En cuanto abrimos el portón del hotel, nos saludó con una pequeña y sutil reverencia. Desde ese preciso momento, su gentil presencia nos hizo sentir cómodas y seguras. Bawar-Buenaonda, así lo nombré. Al entrar al auto nos preguntó, en un escaso pero entendible inglés, cómo nos llamábamos. Se le dificultaron las *erres* de nuestros nombres. Al oírlo pronunciarlos, todos soltamos una carcajada que selló nuestra nueva amistad. Durante el recorrido nos restregábamos los ojos para admirar una realidad insólita de cuentos milenarios. Más tarde nos reunimos con un joven guía quien también, a duras penas, pronunciaba el inglés. Hubiera preferido *dígalo con mímica*; por lo menos hubiera sido divertido. Disimulamos ser corteses asintiendo con nuestras cabezas. Sin embargo, mientras Marifer lo disque escuchaba, yo leía descaradamente la *Travel Guide India* adquirida en la librería Gandhi. Era un libro ilustrado a todo color que me daba respuestas de inmediato y en español. A propósito de guías turísticos, te voy a proponer, papi, que a partir de ahora te montes en mis hombros. Seré tu caminar. Desde este momento, toma mis ojos prestados. Seré una especie de lazarillo. Viajarás a través de mí, me convertiré en tu mirada curiosa y alerta, aun cuando sé lo mucho que te irritaba entrar en los monumentos históricos. ¿Recuerdas nuestro viaje a la Toscana? No se me olvidan las inminentes muecas que articulabas cada vez que entrábamos a un *duomo* o a las iglesias con sus grandes púlpitos de mármol. De reojo veía tus manos unidas en forma de súplica: "por favor, ya no puedo ver otro crucifijo más" y, a la vez, notaba la expresión de mi mamá, como diciendo: "no es posible que no admires esto, Fernando", mientras te jalaba con su mirada de generala como si fueras un niño indisciplinado a quien hay que obligar a confesarse. Nunca fuiste devoto a la religión católica, pero con tanta iglesia corrías el peligro de ceder a sus artimañas disfrazadas de encanto. La verdad es que jamás necesitaste de sus servicios litúrgicos para salvar tu espíritu. Eras demasiado libre para caer en pretensiones, ataduras y creencias petulantes.

Ahora estamos en la India musulmana, donde a leguas se nota que son muy creyentes y encontraremos infinidad de mezquitas. Al menos verás algo diferente a las clásicas catedrales renacentistas, románicas y góticas. Delhi, capital de la India. Me pareció que iba a acostumbrarme rápidamente al bullicio de esta ciudad tan parecida a la colonia Peralvillo, en la capital de México. ¡Y yo que vengo a buscar paz! Calles abarrotadas por una vorágine de gente y tráfico, de vehículos pitando desesperadamente. Delhi se es una megalópolis que se compone de siete ciudades, cuyo centro es Nueva Delhi, capital de la India Británica en tiempos coloniales. La segunda ciudad es Vieja Delhi, a unos cuantos kilómetros al norte de Nueva. Es la Delhi más vinculada a la tradición india, con mayoría de población musulmana que conserva las viejas costumbres del país. Además de estas dos ciudades, existen cinco al sur que sobresalen por sus ruinas arqueológicas y murallas semiderruidas, a las cuales no iremos.

Nuestra primera parada en esta desquiciante ciudad fue la Mezquita Jami Masjid, que tiene tres impresionantes domos de mármol blanco y negro enaltecidos por sus minaretes gemelos flanqueando su gran arco central, construido en 1656 por el gran emperador Shah Jahan (el mismo del famoso Taj Mahal). Se llevaron seis años en construirlo, con cinco mil trabajadores y un costo de un millón de rupias. En su patio central convergen más de veinte mil devotos musulmanes cada viernes de rezo. Para nuestra fortuna, al ser hoy viernes, pudimos constatarlo con horror y fascinación. La belleza de esta mezquita me quitó el aliento, no sólo porque es la más grande de toda la India, sino por el olor condensado de tantas almas apelmazadas en un sólo lugar, emitiendo mantras como un panal de abejas. Era sorprendente aquella alfombra humana cuyo tapiz estaba confeccionado por los adoradores de Alá, sin pasillos ni corredores por donde pasar. Estaba poblado por hombres de piel oscura, vestidos todos de blanco. En la gran explanada, afuera de la mezquita, había vendedores de cocos, niños jugando, mujeres color ámbar sentadas bajo la sombra de altos árboles donde murmuraban y reían al unísono. Un espectáculo imprescindible, como lo sería para los turistas que visitan nuestra Basílica de Guadalupe cada 12 de diciembre.

Nos trasladamos a la calle Chandi Chowk, el corazón de Vieja Delhi. Nada más entrar a esas calles sentí una bocanada de aire caliente con treinta y cinco grados de temperatura. El calor es de plomo. Recorrimos a pie varias callejuelas que olían a estiércol. Cierro los ojos un instante. La fragancia me trae a la memoria el perfume inconfundible de excremento animal que, confieso, me remonta a mi feliz y libre niñez en el rancho de mi abuelo Ángel, cuando yo jugaba entre becerros, burros, puercos y borregos. Aquí las vacas campan a sus anchas como si estuviesen en campo abierto sin que nadie parezca molestarse. Lo que no entiendo es por qué no las usan para tirar de los *rickshaws,* que son unos carros de dos ruedas que llevan pasajeros, en vez de permitir que lo hagan unos hombres esqueléticos que parecen más muertos que vivos. Seguíamos andando, mirábamos con detenimiento los comercios destartalados ataviados de infinidad de artículos típicos del lugar. Cruzamos la calle de los saris, la calle de las especias, puestos y tiendas que venden comida y que están en plena ebullición a cualquier hora del día. Se mezclaban los olores pestilentes con los de jengibres aromatizados: un verdadero coctel afrodisíaco. Atravesamos la gran calle donde vendían plata y joyería fina, la calle de las alfombras, mientras las miradas de niños descalzos con piernas delgadas como palillos nos observaban desde sus ojos color lucero delineados con *khol*. Aturdidas por el desorden y la pobreza evidente, decidimos montarnos a un *rickshaw* para deleitarnos desde nuestro pedestal rodante con aquellas calles cundidas de cables colgantes y así evitar tropezarnos y caer electrocutadas. Todos nuestros sentidos estaban alertas y percibíamos el extenuante ruido de los timbres chillantes de las miles de bicis y *tuk tuks* (motocicletas de tres ruedas a modo de carrito que hace las veces de taxi) desvencijados que cargaban desde cinco personas hasta diez personas (inconcebible, pero cierto). Veíamos el desbordante oleaje de mujeres de saris con inimaginables tonos de rojos, amarillos, violetas, anaranjados y azules; ¡una multitud cubierta de pies a cabeza por una gama de colores delirantes que ni el arcoíris logra tener! ¡Calles y callejuelas hirvientes de vida! Una verdadera marea humana estaba a nuestros pies. ¡Sí, sí, sí, estoy en la India! Ni siquiera tenía que pellizcarme. Pa, ¿puedes olerla? Préstame tu nariz para ponérmela. Es *nuestra* primera visita a la India. ¿Lo puedes creer? Tú sabes la ilusión que tenía de conocerla, he soñado con venir desde hace diez años. Ni sus olores grasientos ni el intolerable calor ni sus sucias calles van a impedirnos disfrutarla.

Durante casi una hora gozamos aquel recorrido. Bajábamos y subíamos del *rickshaw* cuando queríamos, curioseando tienda tras tienda, vigiladas por el joven indio que nos lo alquiló, de quien he de confesarte que era tuerto y nunca nos perdió de vista. Lo que más nos impactó fueron los grandes bazares con toda clase de objetos curiosos y mercancía en venta de la que no habíamos visto en toda la vida. En el bazar de las telas quería tocar todas las variedades de sedas de la India. Tiendas y más tiendas de saris con colores imposibles de imaginar, combinaciones fantásticas, tonos y texturas exuberantes. Marifer y yo queríamos probarnos todas con el mismo furor de quien entra a los *malls* americanos. "Mami, ve este. Mira este otro…", gritaba con ahínco. "¿Nos los compramos?" Realmente estábamos fascinadas con el estilo de vestimenta y la explosión de colorido. Recorrimos las calles: cada vez eran más estrechas. Se abrían fachadas preciosas ocultas por carteles de anuncios, por marañas de cables de luz enredados y vendedores de aguas frescas. Había puestos de frutas y verduras con destellantes amarillos, rojos y verdes bien apiñadas sobre las canastas en los puestos, exactamente como en nuestros mercados de pueblo: jitomates, cebollas moradas, coles, coliflores, berenjenas, ejotes, zanahorias. Y eso que estamos a diez mil kilómetros y son las mismas. ¡Uf, papi, aquí te hubieras despachado a lo grande, con lo que te gustaban las frutas y verduras! Fuiste un vegetariano mañoso y convenenciero. "¿Pollo?, ni en el Seguro Social", nos repetías asqueado cada vez que entrabas a una de tus tantas intervenciones quirúrgicas, en las que sabías que te darían de comer gallina. Al sólo pensarlo hacías tu cara de fuchi y nos suplicabas que te lleváramos a escondidas algún vegetal. Venerabas los rábanos con limón, los elotes repletos de crema y queso, los higos en leche azucarada, las tunas, las granadas…

Tras ese callejear, regresamos a la avenida principal hasta el mercado de las especias, Karhi Baoli, el lugar que mejor huele en todo Delhi. Los comerciantes esperaban a los clientes rodeados de sacos de yute con kilos de canela, jengibre, clavo, cardamomo. Quedamos impregnadas de esos deliciosos aromas que nos acompañaron durante el día. Estábamos extasiadas mirando de aquí pa' allá cuando, de repente, enfrente de nosotras, sobre las placas de un camión, destacaba la palabra TATA con sus cuatro letras gigantes. Resulta que esa es la única marca automotriz en la India: Tata Motors. De pronto miré a mi hija. Sus ojos estaban encharcados. Esas cuatro letras apretaron un botón invisible en el centro de su pecho y dejaron salir aquella secreción acuosa. Tata, ahí estabas tú otra vez, como un perdigón metafísico que resuena bien adentro. Tata, Tata, Tata… En ese momento sentí el cansancio de esos tres días de ausencia tuya, cada instante de convalecencia. Las lágrimas escurrían hacia mi boca. Me ahogaba en ellas. No salían palabras, sólo un grito silencioso. Sentía una tristeza indescifrable que me acompaña desde tu muerte y que cada vez que intento sacudirla se vuelve a posar en el mismo sitio, como partículas adheribles de penumbra y desolación.

¿Por qué no me dijiste que a tu partida yo tendría ganas de arrancarme las entrañas? ¿Por qué no me advertiste que sentiría ácido en la boca del estómago al recordar tu nombre? Me aseguraste que, cuando murieses, el dolor sería soportable. Mentiste.

िबंदुर्ल्वइ

awar-Buenaonda me despertó de la ensoñación. Enjugué mis lágrimas y nos salimos de esas calles excéntricas para conducirnos a la mansión convertida en museo de Mirza Ghálib, considerado el máximo poeta musulmán de la poesía lírica, llamada *Ghazal*, del siglo XIX. Fue testigo de la disolución final del Imperio Mogol. Procuró vivir de su pluma con el patronazgo aristocrático y generosidad de sus amigos. Tenía ideas liberales, semiheréticas y hasta escandalosas. Renegaba de la moral pública impuesta en la corte musulmana y celebraba esas pasiones por la vida en sus poesías en lengua

urdu. Cuando entré por ese *haveli,* sentí como si hubiese estado antes ahí. Un *déjà vu.* Era un poeta inconforme con los convencionalismos sociales, un rebelde como tú, como yo, como Marifer. En una pared resaltaba uno de sus poemas. No daba crédito de lo que aquellas palabras me revelaron. Otra señal de amor enviada por ti:

> *A cada palabra que digo, me replicas con un ¿qué eres tú?*
> *Dímelo tú; ¿acaso es esa forma de hablarme?*
> *Lo que fluye por mis venas no es nada para mí,*
> *sólo las lágrimas que fluyen por amor son mi sangre.*

Salpicada de esas lágrimas de amor por tu sangre que corre por mis venas, salí renacida del *haveli.*

Más tarde visitamos el Gurdwara Sis Ganj Sahib, uno de los nueve emblemáticos *gurdwaras* (lugares de culto Sij) en Delhi. Fue construido para conmemorar el noveno gurú Sikh, Tegh Bajadur, decapitado por un emperador Mogol en 1675 por negarse a convertirse al Islam. Vimos el árbol de la higuera bajo el cual fue decapitado, al igual que el pozo donde se bañaba mientras estaba en prisión. Entramos con toda libertad, no sin antes ser los tres interceptados por el encargado de la entrada del centro. Un anciano con semblante serio y turbante anaranjado e inmaculada chaqueta blanca nos dio un aburrido sermón religioso que apenas pudimos escuchar, ya que sus largos bigotes y barba blancos no dejaban siquiera leer sus labios. Formuló una pregunta como si al responderla nos otorgara el pase de acceso al lugar: "¿Por qué los hombres usan templos si Dios habita en nosotros?" A esa hora del día, con el calor agobiante, las ganas de orinar y el hambre incesante, lo último que deseaba era resolver un acertijo, y mucho menos escuchar verborrea religiosa. Sin embargo, no tuvimos otra más que oír su disertación completita. Decidimos entonces mover la cabeza, imitando el típico gesto indio, que no siempre vale a una negación. "Estamos de acuerdo con usted, pero, por favor, ya déjenos pasar".

Tras diez minutos, por fin pudimos entrar a ese enigmático centro espiritual, donde algunos *sijs,* con sus barbas largas y agrestes, estaban sentados sobre una alfombra roja concentrados en sus rezos, y otros simplemente dejaban pasar la vida. De pronto, una voz aguda que cantaba en punjabi abrió con una delicada música. Se sumaron otras voces en un canto colectivo, el *keertan,* alabando a Dios. De inmediato se unió otra melodía, el armonio, un instrumento musical de teclado acompañado de una tabla o *dholak,* que emite sonidos graves y devocionales creando un ambiente casi mágico. Docenas de hombres llevaban la cabeza cubierta con turbantes coloridos con sus vestidos tradicionales, luciendo sus luengas barbas y florecientes bigotes que completaban aquella escenografía. Caminaban con los pies descalzos sobre el mármol brillante, tan impecablemente limpio que podrías usarlo para cocinar. Me sentía conectada con aquellos desconocidos que a la vez eran hermanos, por el simple hecho de coincidir en ese lugar y preciso momento. Ese ambiente de calma y serenidad imperturbable nos sobrecogió. En este lugar santo no parecen existir las clases, ni las castas, ni las diferencias entre los hombres: es un espacio colectivo de caridad y generosidad llamado *sijismo*. Esta fe nació en el siglo XVI con el choque en la India entre el Hinduismo y el Islam. Una de las cinco obligaciones de la religión *sij,* que no sé si aún se conserven, consistía en no cortarse nunca el pelo como señal de respeto a la forma que Dios había dado al hombre, aunque siempre es preciso llevar un peine como símbolo de limpieza. Y tú que perdiste tu peine preferido en Ixtapa entrando al mar. ¡Ah, cómo disfrutabas de las olas! Salvo aquella tarde en la playa del Revolcadero en Acapulco, cuando tus hijas, aún pequeñitas, nos colgamos de tu cuello para no ahogarnos mientras la resaca nos jalaba mar adentro. Fue una de las experiencias más angustiantes y dramáticas de tu vida, pero... ¡Nos salvaste!

La tercera obligación era llevar los calzones cortos para recordar la necesidad de continencia moral. La cuarta, llevar una pulsera de metal que simboliza la rueda de la vida y, la quinta y última, portar un puñal pequeño como recordatorio de repeler cualquier agresión. El libro santo de los *sijs* es el *Granth Sahib*. El fundador de este credo monoteísta fue el gurú Nanak, quien a los doce años sorprendió a su familia al negarse a que le colocaran el tradicional hilo blanco de los brahmanes: "¿no son acaso los méritos y las acciones lo que distingue a unos de otros?". Este hombre, que ha sido digno heredero de los místicos y ha formado parte del mosaico de la India, proclamaba: "No hay hindúes, no hay musulmanes; no hay más que un Dios, la verdad Suprema". La nueva religión nació como oposición al sistema de castas del hinduismo y como defensora de la igualdad entre todos los hijos de Dios. Así como Lutero y Calvino, Nanak condenaba la idolatría y el dogmatismo en doctrinas que defendían la creencia básica de la Verdad: "La religión no reposa sobre palabras vacías. Es religioso quien considera a todos los hombres por iguales." Su prédica se expandió como un gran eco en un país que sufría el abuso de las castas. Poco a poco se fue rodeando de *shishyas*, vocablo sánscrito que significa "discípulo", del cual se deriva la palabra *sij.* El gran gurú Nanak, a través de sus enseñanzas, erradicó la desigualdad, la discriminación y el maltrato a las mujeres, siendo él quien también extrajo de la tiranía de los mogoles el fermento de su vitalidad. Sentimos esa energía cundida de humildad y amabilidad como si siguiese vivo el sueño de Nanak. Una vez más, mis ojos se inundaron de un llanto alegre y solidario al darme cuenta que tú, papito, sin ser catalogado como un gurú, lo eras. Las lecciones que recibimos con tu ejemplo de bondad y del trato por igual que otorgabas a cada persona que conocías, me hacen confirmar que eras un verdadero maestro. Un ser amable (fácil de amar), quien atravesó por un proceso evolutivo espiritual sin precedente. No deseo caer en la típica imagen idealizada hacia nuestros muertos, pero, con toda conciencia, honro esa parte sabia en ti.

Al apagarse los cánticos, salimos a los patios externos donde niños con pequeños turbantes correteaban mientras que algunas mujeres separaban semillas y otras cocinaban los vegetales en grandes ollas para hacer caldos y pudines. El olor a especias inundaba el lugar. Jamás he visto nada similar en México, excepto cuando nos solidarizamos en los terremotos. Pasa el cataclismo y se nos olvida el hambre y la indigencia callejera. Sin embargo, siendo nosotras extrañas a ese ambiente, la generosidad de estas personas no tenía límite. Nos ofrecieron de beber un masala chai, delicioso té con hierbas aromáticas: clavo, jengibre, canela y cardamomo; comimos un pudín café apelmazado, hecho de vegetales; ambos nos supieron a gloria y apaciguaron el estómago. Fue un festín, un deleite a nuestros sentidos. Mi corazón se esponjaba de tanta gratitud. Bajo la sombra de un robusto árbol, una mujer con cara angelical nos dio a probar lentejas aliñadas con especias picantes y un poco de yogur. Estaba a punto de levitar otra vez, papi, pero no podía rechazar aquella suculenta ofrenda culinaria. Según su culto, las puertas del templo deben estar siempre abiertas, simbolizando que cualquier persona, sin importar su fe, color, edad, sexo, condición social y credo, es bienvenida.

Todo visitante es alimentado como principio de igualdad entre los pueblos. ¿Utopía o realidad? La verdad es que el catolicismo es una mentira disfrazada de humildad y caridad. Tantos fieles dándose golpes de pecho frente a sus santos y vírgenes para disimular sus inmundicias morales. En la Iglesia católica, sólo los creyentes en Jesús entran al reino de los cielos. Insólito. Efectivamente, coincidía con el anciano testarudo de la entrada: "No necesitamos templos para que Dios nos habite". Al salir de aquel *gurdwara,* esa tristeza acumulada se disipaba abriendo un espacio nuevo en mi corazón.

caballeras

A ntes de dirigirnos a Nueva Delhi, hicimos una parada forzosa al famosísimo restaurante Karim's, abierto desde 1913. Entusiasmadas con tanto arte mogol, probamos con particular alegría su cocina, llamada *mughalai pakavana,* una verdadera exquisitez por la diversidad de especias aromáticas en sus platillos con mezclas de frutas dulces como ciruelos y melocotones. Disfrutamos también sus guisos salados con variedades infinitas de arroz con brochetas, albóndigas, estofados y los famosos *kebabs*. Se trata de pinchos originarios del medio oriente, acompañados de jocoque y yogur.

¡Ay, pa! Las formas en las que te manifiestas son únicas y geniales. Hasta en el jocoque te apareces: me comí una ensalada tipo griega y que me sale de premio un rábano. Al minuto y medio empecé a eructar como tú y el olor que desprendí me hizo llorar de emoción, como si estuvieras plantado frente a mí. Rematé al probar un *lassi*, un tipo de yogur cuyo sabor a búlgaros también amabas. Como aperitivo, ¿qué crees que pedimos de inmediato? Dos Coca-Cola. He de confesarte que traje desde México una botella de Bacardí (¿acaso hay otro ron?) y otra de vodka, repartidas en botellitas de agua para disfrazarlas, como solíamos hacer en los cruceros para que no nos cacharan. Otro de tus múltiples trucos aprendidos. ¡Ay, padre, somos un costal de mañas! ¡Qué vergüenza!

Del morral de Marifer extrajimos discretamente la botellita llena de ron. Con disimulo vertimos la bendita "agüita" en las cocas con un poco de hielo, entre tanto, tú supervisabas nuestras travesuras dictadas por ti. La tradición es la tradición. Y para rememorarte, la cuba libre siempre será la insignia. Mientras tomábamos la refrescante bebida, Marifer recordó cuando en Monterrey la hiciste *cuballera* en el tradicional rito familiar. Te colocaste sobre los hombros tu capa color rojo. Sobre tu cabeza canosa y semicalva, una peluca blanca risada Luis XV —nada que ver con el medievo—, pero te quedaba sensacional. En tu mano derecha, una espada de juguete que sostenías con porte y orgullo. Mientras tu nieta se hincaba con una leve inclinación de cabeza, recibía de tu parte tres toques de espada en sus hombros. Al cabo de unos segundos mágicos, los guapos escuderos, Roberto y Román, ambos con tus mismos ojos azules, ofrecían sumisamente un vaso de vidrio a cada uno que contenía el elixir sagrado de la *cuba libre*. En ese momento, Marifer se incorporaba con sus piernas bien firmes sobre el suelo, recibía con sus dos manos la santa ambrosía y la deglutía suavemente, al mismo tiempo que tú, el Gran Cuballero Mayor, la acompañaba. Al terminar, todos vociferábamos al unísono: ¡Salud, gran vida a la nueva *cuballera*!

"Padre mío, que estás en los cielos y también en la tierra —tomándote unas cubotas en el Karim's con estas dos bellezas—, santificada sea la cuba… Amén".

Con la panza llena, subimos al auto para dar un pequeño *tour* a Nueva Delhi. Esta ciudad es bastante realista, como lo son aquellos palacios e iglesias góticas de Londres y Alemania. Las distingue su encanto arquitectónico. El contraste es abismal entre ésta y Vieja Delhi, que acabamos de dejar atrás, caótica y surrealista. Sus edificios son hermosos, pero maltratados por el tiempo y el poco cuidado. Nueva Delhi es sorprendente por sus grandes y espaciosas avenidas plantadas con filas de inmensos árboles, es como si extendiera mi vara mágica y me transportara al tan conocido y viejo continente. Como dato peculiar, durante la clausura del *Durbar* de Delhi, Jorge V, el entonces rey-emperador, desvela la gran sorpresa el 12 de diciembre de 1911: la capital del imperio se trasladará de Calcuta a Delhi. Promete que volvería a ser como en tiempos de los grandes emperadores mogoles. Le encarga al arquitecto Edwin Luytens el diseño de una capital imperial a las afueras del casco antiguo. Y esa nueva capital se llamará Nueva Delhi y será el orgullo de la India, el nuevo astro que lanzará sus destellos hasta el último rincón del continente. Sin la India, Gran Bretaña no hubiera sido el imperio más colosal que el mundo conoció como primera potencia mundial. Nueva Delhi es una ciudad planeada con un cierto eclecticismo de estilos, una combinación entre la Europa clásica y lo expresivo y extravagante de la India. Es imponente por su diseño armonioso, que la hace especial no sólo por la combinación de sus edificaciones de mármol, sino también por sus jardines de trazo perfecto al estilo mogol. La llaman la Ciudad Jardín.

Mirara por donde mirara, emergían sus fuentes en medio de jardines formando enormes tableros de ajedrez. Estos jardines me despiertan viejas sensaciones de cuando estuvimos en High Park, en Londres. Tengo tan presente aquel viaje familiar a Europa, siendo aún solteras Beca y yo. Ariadna y Veronika se lo perdieron pues ya estaban casadas —quién les manda—. Recuerdo cuando te dejaste pintar el pelo de color verde y morado con esos *sprays* comprados en las calles de Piccadilly Circus. Te convertiste en un punk inglés a principios de los ochenta. ¡Pobre de mi mamá! No sabía ni dónde meterse, avergonzada de ese trío loco caminando por los jardines y avenidas londinenses, muertos de risa, presumiendo cabellos teñidos como los algodones de azúcar de Chapultepec. La gente nos miraba envidiando nuestra alegre desfachatez. ¡Qué tiempos aquellos! *Flashes* nítidos en la gran avenida de mi mente, donde viajo a una velocidad vertiginosa del pasado al presente y siempre estás tú.

Aún con el excesivo crecimiento de la población, en esta parte de Delhi el tráfico era fluido y pudimos llegar sin contratiempos a la Puerta de la India para admirar por fuera el bellísimo parlamento, el Sansad, contiguo a la residencia actual, palacio Rashtrapati Bhavan, del primer ministro al cargo. El país es una república democrática con un sistema parlamentario. Tras conseguir la independencia, en 1947, el estado goza de cierta autonomía con una constitución común. Nueva Delhi es una de las capitales del mundo con más historia, y dos de sus monumentos, el Qutab Minar y la tumba de Hamayun, han sido declarados Patrimonio de la Humanidad. Nuestra siguiente y penúltima parada fue la casa en donde el gran Gandhi fue asesinado, la Old Birla House. Uno de mis personajes favoritos desde que tengo doce años, y tuyo también. Sin dar crédito a la realidad, recorrí cada pisada de sus pies hecha concreto que lo llevaron al matadero. Los últimos pasos del Mahatma están marcados en el suelo. Quise ponerme en sus zapatos pero fue imposible. Su grandeza es inalcanzable. Sin embargo, imaginé la libertad que nunca le despojaron aún estando encerrado. Nadie se la arrebató. Caminando por el lugar apreciamos con profunda conmoción aquellos murales con escenas de su vida, las habitaciones donde pernoctaba y el lugar donde recibió el disparo que acabó con su existencia mientras hacía su paseo nocturno. Gandhi desaprobaba los conflictos religiosos que siguieron a la independencia de la India, defendiendo a los musulmanes en territorio hindú, factor causante del homicidio. Uno de los hombres más bondadosos del mundo pasó encerrado ciento cuarenta y cuatro días antes de ser asesinado el día 30 de enero de 1948. Venerado mundialmente por la no violencia, pero muerto con un acto sanguinario; ¡qué paradoja, la vida!

Tú eras igual de bondadoso, odiabas pelear, no te gustaba el conflicto. Fuiste un santo para todos, tocabas corazones en donde te pararas, nunca te vi violentarte, jamás nos gritaste, ni nos alzaste tu mano, ni siquiera nos castigaste por alguna desobediencia. Cada vez que mi mami nos regañaba y nos daba cinturonazos en las nalgas, sigilosamente te aparecías en nuestro cuarto y la disculpabas medio avergonzado por su osadía: "Está cansada, compréndanla". Nos dabas un beso en la frente y te ibas de puntitas para que no te cachara que habías ido a consolarnos. Por eso y mucho más, fuiste mi personaje favorito, al igual que Gandhi.

Camino de regreso al hotel pedíamos esquina y "unas cubitas con Bacardí si fueran tan amables". Tuvimos que esperar porque todavía nos quedaba por conocer de paso el templo de Lakshmi, la diosa de la buena fortuna, la abundancia, la prosperidad y la belleza. (La buena fortuna sería llegar cuanto antes al hotel.) Esta diosa es la consorte eterna del dios Vishnú. Este es un templo hindú: Birla Mandir. Fue uno de los primeros de la India abierto a todas las castas y en donde Mahatma Gandhi asistió a su primera puja. Esta construcción es un ejemplo bastante típico de arquitectura religiosa india contemporánea, con entrada de mármol y *shikharas,* agujas de color ocre y marrón en el exterior e imágenes de Vishnú y Lakshmi en el altar mayor del interior. A los lados, albergan inscripciones de escritos hinduistas sagrados decorados con pinturas del *Mahabharata* y del *Ramayana* (extensos poemas épicos de la antigua India; consideradas obras que, al recitarse de manera ritualesca, le confieren un mérito religioso y sagrado). Estuvimos un rato escuchando música devocional observando el colorido de aquellas imágenes épicas como salidas de cuentos infantiles. Nos ofrecieron té en el salón donde nos quitamos los zapatos, casi listas para entrar en meditación. Finalmente me relajé, cerré los ojos, crucé mis piernas, coloqué mis manos con un *mudra* (gesto con las manos considerado sagrado por quienes lo realizan) encima de mis rodillas y respiré. Fui ahondando en lo más profundo de mí sintiendo una levedad y paz interior. ¿Era el agotamiento o realmente me estaba iluminando?

Por fin, muertas de cansancio, llegamos al hotel. El día fue sustanciosamente excitante y largo, así que, para cerrar con broche de oro, pedimos una vez más para saciar nuestra sed, dos *colas* bien frías. Nos urgía algo más fuerte que sus tés aromáticos. Nos merecíamos otras cubitas, esas que pedíamos a gritos en el templo. ¿Seremos borrachas por tradición o por devoción a ti? Para nuestra enorme fortuna (gracias a Lakshmi) vendían ron Bacardí, porque el que había en la botellita de plástico *c'est fini*. Ya listas en la terraza del Godwin, te hicimos honor mirando al cielo con nuestros vasos a lo alto. Por ti, papito, por ti, Tatiux… ¡Salud, gran *cuballero*!

Aunque, confieso tristemente que esta salud te llegó demasiado tarde.

regateos

ormimos como angelitos después de las tres horas de conversación de la noche anterior. Parecíamos unas auténticas cotorras. Nos echamos una cuba cada hora, y más o menos trescientas palabras por minuto. Nos arrebatamos las sílabas de las comas y éstas de los puntos seguidos, sin pausa pero con bastante ritmo y cadencia. Al fin tuve el tiempo de empezar a contarle a Marifer cómo es que te nos fuiste. Lo trágico y lo contrastantemente bello que fue tu fallecimiento. Parece tan lejana aquella mañana de ese domingo a las once cuando les marqué para saludarlos y mi mami me informó que

habían pasado una pésima noche por haberte intoxicado, según ella, con los camarones de la comida del sábado en casa de mis tíos. Mami y yo platicamos un buen rato de tu malestar y, al escucharte a lo lejos decirme con voz apenas audible un "Hola, Mache", colgué avergonzada prometiendo comunicarme más tarde para que descansaran. Nunca pensé que sería inoportuna al interrumpir su sueño a esa hora tan tardía de la mañana. Los dos siempre fueron tan madrugadores, pero sobre todo tú, que ya para las ocho de la mañana estabas bañado, rasurado, perfumado y listo para leer el periódico de los domingos sentadito en tu sofá color marrón. ¿Quién iba a decirme que dos horas más tarde estarías muerto? Tú no lo sabes, pero te voy a contar cómo recibí la noticia. Esa misma mañana, Rodrigo y yo fuimos a comprar víveres a Superama para comer con Román, el único de mis hijos que estaba ese día en México. Además, aproveché para hacerme de las últimas compritas para este viaje a escasos tres días de partir. El carrito se lo había llevado Rodrigo al departamento de carnes, mientras que yo lo esperaba en los mostradores de verduras y frutas. Tenía entre mis manos artículos de aseo y estaba eligiendo jitomates para la ensalada cuando de repente recibí una llamada. Contesté con trabajos, pues tenía las manos ocupadas. Era Eduardo, mi sobrino que estaba en la ciudad por asuntos de trabajo.

—¿Mache? Soy yo. ¡Se nos fue Tata!

—¿A dónde?

—Se nos fue, Mache. Se nos fue…

—¿Coooómo? ¿Para dónde se fue? No entiendo.

Como era puente feriado de primavera, la negación se impuso en mi mente imaginando que quizá ustedes habrían ido de paseo. Al cabo de un minuto de no comprender lo que estaba sucediendo, por fin carburé. Del otro lado, Eduardo sollozaba:

—¡Tata se *nos* acaba de morir!

En ese momento, las piernas no me sostuvieron y caí al suelo y, con el impacto de la noticia, los jitomates, el champú y no sé cuántas otras cosas más abrazadas a mi pecho salieron volando. De pronto, todo estaba desperdigado en medio del pasillo de las frutas y verduras. Lancé un "*¡Nooooo!*" tan fuerte, que ese grito alcanzó a Rodrigo, quien estaba al otro lado de la tienda para acudir a mi llamado de inmediato. Recuerdo a varias personas tratando de socorrerme, otras interrumpieron sus compras para tratar de levantarme, pero yo lo único que sentía era un dolor agudo atravesando mis vísceras, como si esa irremediable noticia fuera un cuchillo que se me enterrara en la boca del estómago y se trepara al centro de mi pecho. No había manera de ponerme de pie. Y heme aquí, papito, consolando mi gran pena en la mística India, con la promesa de aprender a vivir sin ti pero contigo. Bien parada sobre esta tierra para seguir caminos inciertos con la única condición de llevarte como broche al lado de mi corazón. ¡Ni cómo negociar con Dios!

Ahorita son las diez de la mañana y no tarda Bawar-Bue-naonda en llegar por nosotras con maleta lista para emprender el viaje a Rajashtan, uno de los veinte estados que forman la República de la India. Está ubicado al oeste del país colindando con Pakistán. Tiene casi setenta millones de habitantes sólo en este territorio. Ya te imagino entre tantísimas personas, te hubieras escondido atrás del único matorral del desierto para apartarte de la muchedumbre que a ratos te desesperaba. Sin embargo, a pesar de tanta multitud, estos lugares cuentan con una riqueza inimaginable de palacios e imponentes fuertes, festivales coloridos y bazares que estoy segura encontraremos en el camino. Rajashtan es famosa por sus reservas nacionales de tigres y aves. La zona es tan extensa y diversa que abarca grandes desiertos, como el de Thar, en contraste con impresionantes bosques y lagos. Pero lo que más me impresiona de esta región es justamente su gente, quienes mantuvieron durante quinientos años su independencia y dignidad. Es el reino de los *rashput* o *rajput,* término que en sánscrito significa hijos del rey. Una raza marcial de las castas *chatría,* segunda casta de la cultura hinduista, formada por grupos guerreros gobernantes del subcontinente indio, que poseían cualidades de valor, lealtad, autosuficiencia, fortaleza física, trabajo duro, tenacidad y, sobre todo, fama por su capacidad de recuperación. Todas estas cualidades igualitas en ti, menos la de guerrero combatiente, ya que fuiste pacífico por excelencia. Excepto cuando sacaste de la caja de herramientas un desarmador gigante para correr desaforado tras un ladrón drogado que había entrado en la madrugada a nuestra casa. Nunca olvidaré tu cara de *lo-voy-a-matar*. Saliste descalzo y en pijama, disparado, a perseguirlo por la calle oscura. Todas tus mujercitas gritábamos en coro desde la ventana: "papi, papi, regresa. Ese loco trae una pistola…" Pero te empeñabas en alcanzarlo para enterrarle aquella arma letal y *desarmarlo* por completo. Jamás de los jamases te habíamos visto actuar así. Arriesgaste tu vida por nosotras para convertirte en nuestro héroe defensor. Actuaste con valor, autosuficiencia y tenacidad propios de un chatría.

Este gran clan ejerció su hegemonía en el siglo VI, cuando establecieron los reinos patrilineales territoriales del norte resistiendo las incursiones musulmanas y los continuos ataques por parte de los maharajás. Cuando el imperio mogol decayó en el siglo XVIII, ellos firmaron un convenio con los británicos en el que aceptaban la soberanía del imperio europeo a cambio de protección frente a los maharajás y la conservación de su autonomía local organizados por una agencia rashputana que hasta la fecha se conserva. Este breviario cultural te lo menciono a propósito de los días que viajaremos a cada rincón de esta tierra pintoresca. La reina Victoria asumió las riendas del gobierno de la inmensa colonia y, en una proclamación que hizo, en 1858, quiso asegurarse la lealtad de los príncipes. Los ingleses —apenas ciento treinta mil en un país de trescientos millones— necesitaban a éstos para administrar un territorio tan inmenso, siempre y cuando pudieran controlarlos y satisfacerlos de alguna manera. Fue un momento histórico en el que los reyes de la India dejaron de ser reyes y se convirtieron en príncipes. Les garantizaron las fronteras de sus territorios, las ganancias y los privilegios. En aquel entonces, esos maharajás no tenían que responder ante su pueblo, sino ante la Corona Británica, que los colmó de honores, títulos y salvas de cañonazos. Acabaron siendo indispensables para la supervivencia de los británicos en la India para asegurar su tranquilidad y seguridad.

Vamos camino a Mandawa, y de paso conocimos la gigantesca estatua del templo de Shiva. Preguntarás, ¿quién demonios es Shiva? Ciertamente es como un demonio, pero benévolo. A grandes rasgos te explico: es uno de los dioses de la Trimurti, es decir, la trinidad en el hinduismo, y representa el papel de dios que destruye el universo junto con Brahmá, que es el dios que lo crea, y Vishnú, el dios que lo preserva. Shiva tiene formas benevolentes, así como también otras de temer por su calidad de destructor. Es el demonio del ego, del apego, de la soberbia. Equivalente al deterioro natural de la vida y el inevitable ritmo del universo. Su color es azul y tiene tres ojos por su capacidad de ver las tres dimensiones del tiempo, pasado, presente y futuro. El shivaísmo es la religión védica más antigua con infinidad de seguidores. El asunto de las religiones y deidades es sumamente complejo y no quiero "hacerte bolas", máxime que siempre te valieron un comino, por no decir, madres. Pero te advierto que, durante el viaje, este demonio-dios azul lo encontraremos hasta en la sopa.

> *Oh, Shiva, ¿qué es tu realidad?*
> *¿Qué es este universo lleno de estupor?*
> *¿Qué forma la simiente?*
> *¿Quién es el cubo de la rueda del universo?*
> *¿Qué es esta vida más allá de la forma que impregna las formas?*
> *¿Cómo podemos entrar en ella plenamente,*
> *   por encima del espacio*
> *y del tiempo, de nombres y de las connotaciones?*
> *¡Aclara mis dudas!*

De un texto sagrado del shivanismo, Cachemira

Siete horas tardamos para llegar al encantador pueblo de Mandawa. El hotel es un conjunto de *bungalows* independientes de forma circular hechos de barro con pinturas parecidas a las rupestres, representadas con símbolos y figuras de color blanco. Las mujeres aplastan el estiércol y la paja; los amasan en forma de tarta, que dejan secar sobre los muros de las casas de adobe para darle ese acabado tan peculiar. Entramos a la suite dispuesta por Raju, dueño de la agencia de viajes, a quien se le notaba a toda costa su interés por consentirnos con todo lujo, pues desde que pusimos un pie en el Desert Resort, ya un guardia de turbante anaranjado nos hizo el saludo de *namasté,* convirtiéndonos de inmediato en unas princesas. Leí hace tiempo: "Denme los lujos de la vida y con gusto prescindiré de las necesidades". ¿Será que el lujo significa sentir el placer por existir o quizá sea la ausencia de dolor para los que sufren? Morir de vida y no de muerte. Constaté al lado de Marifer que el verdadero lujo es disfrutar el solo hecho de estar en el mundo y vivir la libertad de ser uno mismo. Y ese lujo bendito de sentir la vida como viene, tú nos lo heredaste...

Al cabo de una hora de instalarnos y descansar brevemente, salimos a conocer los *Havelis* del pueblo, deteriorados por el tiempo y la falta de mantenimiento por parte del Estado. Quedaban apenas frescos antiguos con motivos de comerciantes de finales del XVIII y del siglo XIX realmente bellos por la decoloración de sus tonos pasteles y la exquisitez de su realismo. Caminamos entre el estiércol de vacas echadas en el polvoso pavimento que, serenas, contemplaban nuestros pasos desconcertantes rumbo a la casa de nuestro guía, quien no perdió la oportunidad de vendernos cojines y tapices bordados con retazos de saris antiguos (*asegún*) a un precio desorbitante. ¿Quiénes éramos nosotras para regatear? Ni modo que nos pusiéramos en evidencia como las buenas mexicanas que somos o como fieles descendientes de tu linaje regateador. Teníamos que disimular y no *sacar el cobre*. ¡Ay, papi, cómo hubieras disfrutado de ese momento! Tú sí que nos habrías ayudado a librarnos del incómodo vendedor. Te distinguía un don natural para el regateo, y eso que tenías cara de extranjero. Vienen a mi mente aquellos paseos domingueros en la Lagunilla y en Tepito comprando cháchara y media sólo por el placer de trapichear y salirte con la tuya, llevándote cuanta porquería veías. Eras el rey de la *fayuca*. Tu carisma seducía hasta a los más sinvergüenzas. Me atrevo a decir que eras parte de ese gremio. Lo supe cuando fuimos a dejarles víveres y agua en el terremoto del 85 y la mayoría de ellos te abrazó agradeciendo tu solidaridad. La humildad por tratar a todos por igual y la gracia que emanabas te hacía especial. Ese *güerejo*, como te decían, era como uno de ellos. Cada broma o chiste te lo festejaban. Tu cordialidad al platicarles anécdotas de tu juventud los acercaba a ti. Lo más sorprendente es que salías de ahí con mil objetos gratuitos. Y el regateo en esas circunstancias dejaba de tener importancia. Y mira lo que son las cosas ahora, de haber estado aquí, seguramente con tu encanto nos hubiésemos ahorrado doscientos dólares por la compra de esos dos pinches cojines y el tapiz de elefante morado. Con ese ahorro hubieras podido pagar para que recogieran toda la caca humana, de vacas, de camellos y de búfalos de Rajasthan.

Salimos de ese pobre hogar-tienda para adentrarnos a un hotel-palacio de cinco estrellas que a su vez alberga cinco *havelis* impecables por su belleza. El contraste de aquel lujo me recordó nuestro propio país, en donde unos tienen demasiado y, otros, demasiado poco. Sin embargo, los rostros felices de los indios me estremecen a morir. Cada vez que me reflejo en sus ojos de mercurio es como si los re-conociera de vidas anteriores. Serenas y sabias miradas que expresan su aceptación de la condición de su existencia y, lo más asombroso, es que los intuyo contentos con lo que tienen. "¿Quién les dijo que venían a este mundo a ser felices?", proclamaba Fellini en la *Dolce Vita*. Cuán equivocado estaba con este cuestionamiento que no aplica en la India: aquí todos parecen ser felices todo el tiempo...

Por la noche asistimos a un *show* de títeres acompañados al ritmo de un chiflidito raro, en el que bailaban vestidos con gasas de colores al son de un guitarrista. Entre el sonido agudo y el movimiento de aquellos muñecos fantasmagóricos bien chiflados, yo me consumía en retortijones, y mi única salvación era correr al baño lo antes posible. Confieso que ahí sí que fui la más feliz, casi como los indios.

ħɑɭʮ ɱɑʮ

oy amanecí con un contento ines-
perado. Observé a mi hija envuelta
entre las sábanas, donde yacía junto a mí. Dejé que durmiera un rato
de más mientras yo me levantaba y
recorría las cortinas de algodón con
bordados de hilo de oro y preparaba
un té de manzanilla para aliviar mi recién agolpado estómago. Asomada a la ventana, observé un cielo azul invitándome a sentir una paz desconocida. Era como si riéndole al
cielo se vaciara de ti. ¿Era posible sentirme así ante tantos
sentimientos confusos que me habitaban? ¿O era acaso
un invento pasajero para desconectarme de mi corazón y

no dolerme? A veces la paz me ha parecido poco deseable. Aburrida. Prefiero la turbulencia existencial. Lo cierto es que me contagié del nuevo día. Nos esperaban doscientos cincuenta kilómetros que, en carreteras normales, nos tomaría para llegar a Bikaner unas tres horas; sin embargo, en la India es imposible subir la velocidad a más de sesenta kilómetros por hora pues en el camino se encuentran muchos obstáculos expuestos a ser arrasados por los autos: manadas de vacas, camellos lentos cargados de paja, mujeres con niños transportando agua en grandes garrafones sobre sus cabezas y caravanas de viejos andantes. A la hora, nos detuvimos súbitamente a causa de una vaca atravesada en medio de la carretera. "Para nosotros los hindúes, la vida de una vaca vale más que la de un hombre", dijo orgulloso Bawar-Buenaonda. Marifer y yo nos miramos con una vergonzosa complicidad. Si supiera que nosotras podríamos comer toda esa carne de vaca de buena gana, nos saca de su auto a patadas. En eso, papi, ninguna de las dos te heredamos. ¡Somos tremendas carnívoras!

Al dejar aquel hotelito pintoresco de elegante simplicidad, paramos en un pueblo llamado Fatehpur, dentro de la ruta comercial de Shekhawati, donde transitaban hace un par de siglos los camellos cargados de mercancía. Admiramos este museo al aire libre repleto de hermosas mansiones y edificios pertenecientes a la rica burguesía mercantil de las ciudades caravaneras del noroeste de la India. También conocimos los llamados *baolis,* manantiales a los que hay que acceder bajando unas escaleras muy empinadas. No tardamos ni un minuto en admirar esa extraña construcción, cuando ya descendíamos muy campantes por esas gradas a uno de los pozos mejor conservados de la región. El único inconveniente era que llevábamos vestidos cortos y nos sentíamos fuera de lugar al ser observadas tanto por las mujeres tapadas hasta las narices, como por los hombres no acostumbrados a esa osadía occidental. Bawar-Buenaonda nos escoltaba ahuyentando las ojeadas hostiles como en aquella ocasión, en el pueblo de Chetumal, ¿te acuerdas, papi? A consecuencia del calorón, tus cinco mujeres llevábamos puestos *shorts* y tú, temeroso, cuidabas nuestras espaldas ante las morbosas miradas de los hombres. Fluctuábamos entre los catorce y dieciocho años. ¿Recuerdas ese viaje en la Rambler roja a la Riviera Maya en el año 1975? Estábamos todas ardidas del sol, sin aire acondicionado, apretujadas y ansiosas de llegar a ese pueblo que resultó espantoso.

De una cosa estoy convencida ahora que recapitulo esta escena de mi adolescencia: fui muy feliz en esos tiempos, así como en mi infancia. ¿Y sabes por qué? Porque fuiste un padre amoroso, complaciente y divertido. No había complicaciones, ni gritos, ni enojos. Fuiste un hombre que adoraba a mi madre como un devoto fiel, nunca la contradijiste. Respetabas sus decisiones e incluso la disculpabas ante nosotras. Si discutías con ella, lo hacían en el silencio de su alcoba. La casa respiraba sosiego y concordia. Todos nuestros amigos querían contagiarse de esa serenidad resguardada en esas paredes. Tú lograbas el milagro. Llegabas todos los días a comer con nosotras a las dos treinta en punto, mientras mi mami aparecía pitando el claxon anunciando que ya nos sentáramos a la mesa. Teníamos escasamente una hora para comer todos juntos, pues de ahí salían disparados de vuelta al trabajo. Mi madre a la pastelería para abrirla a tiempo y tú, a la oficina en Tlalnepantla. Con esto quiero decirte que, mientras vivimos contigo, confeccionaste nuestros días con momentos inmensamente cálidos y reconfortantes con tu *dulce compañía,* como cuando rezábamos de niñas. Hasta ahora sigues siendo mi Ángel de la Guarda. Nunca nos desamparaste ni de noche ni de día. Al día siguiente que te quedaste sin trabajo, saliste a vender enciclopedias y seguros funerarios de Jardines del Recuerdo con el entusiasmo de seguir dándonos la mejor vida posible. Todas las tardes a las seis en punto llegabas con tu vochito azul cielo del año sesenta y nueve a cuidar de nosotras mientras mi mami llegaba del trabajo. Desde esa hora estabas atento a nuestras necesidades. Por las noches, tocabas a nuestra puerta para despedirte con un beso en la frente sin apartar de tu rostro aquella sonrisa tan única que nutría nuestros sueños. Tus cuatro princesas dormíamos tranquilas, así como las otras dos coladas que compartían con nosotros la casa: Shanti, mi perra, y Mitzy, la gata de Beca (sin ofender), a sabiendas de que tú estabas para protegernos a todas. Me doy cuenta de cuán permanentes y corpóreos pueden parecer estos sucesos vividos contigo. Una sensación extraña, como si perteneciera a alguien ajeno a mí. ¡Gracias!

Después de un calor infernal de cuarenta grados, llegamos por la tarde al hotel que, en esta ocasión era un auténtico *haveli* o mansión típica de esta región. Sus paredes labradas de piedra con fachadas que presentaban balcones con hermosas celosías; suelen tener tres o cuatro plantas. A nosotras nos tocó el cuarto piso, desde donde podíamos observar el impresionante fuerte Junagardh. ¡Una maravilla! Sin esperar un minuto en la habitación, nos dirigimos urgentemente a él. Esta fortificación es una de las más bellas de todo Rajasthan, su aspecto exterior no es comparable a su interior. Es como adentrarte a un cofre del tesoro. Está decorado con un sinfín de invaluables pinturas murales de estilo hindú con incrustaciones de piedras preciosas. ¡Hay portales cubiertos de oro! Me quedé sin aliento. La belleza amontonada en ese palacio prodigioso donde vivían los maharajás del siglo XVI de la dinastía de los Singhji era incalculable. Era tanto mi asombro que, en silencio y sin recato alguno, me cegaron unas cuantas lágrimas por tanta belleza revelada. ¿O será que fue un pretexto para soltarlas de inmediato antes de que siguieran acumulándose en mi interior?

Cuando recibí la noticia en el supermercado, Rodrigo me levantó con fuerza y me llevó a rastras colgándome de sus hombros como si fuera un guiñapo. Mi llanto no paró durante el trayecto a la casa. Después tomé aire para calmar los sollozos, pero fue inútil, porque en cuanto mi hijo me vio llegar en esas condiciones, me eché a sus brazos y como una niña perdida seguí llorando. ¿De dónde sacamos tanta lágrima? ¿De qué están hechas? ¿Cuánto valen? Al sólo recordar ese momento, vuelvo a sentirme atrapada en el lodazal del dolor.

Al salir de allí, Bawar-Buenaonda nos ofreció un jugo recién exprimido de caña de azúcar y otro de mandarina. Mientras nos deleitábamos con la frescura de esos sabores, nos encontramos sumergidas en una gran caravana de mujeres rajputs. Andaban bailando atrás de un camioncito con bocinas que tocaba música india. Nos tomaron de las manos y de repente estábamos abarrotadas en una gigantesca ola de mujeres jóvenes y ancianas dándonos vueltas, moviendo las manos como bailarinas árabes con las sonrisas y la alegría más contagiosa jamás sentida. Festejaban una fiesta hecha de puras mujeres rindiéndole culto a Shiva. Ebria de aquellos colores, olores y sonidos, me sentía desfallecer. De pronto, me entraron ganas de sollozar, de vaciar el resto de lágrimas que me quedaba en el cuerpo, pero ya no de tristeza, sino de culpabilidad al estar tan contenta entre tanto colorido y algarabía. Marifer bailaba y me miraba al otro lado de la calle, extasiada y desconcertada al mismo tiempo por tanto alboroto. Poco a poco nos fuimos zafando de aquel torbellino danzante, no sin antes sentir un desencanto por separarnos de esa hermosa y sagrada energía femenina.

Impregnadas por ese furor femenil, llegamos a la granja de los camellos. Había trescientos de todo tipo, color y tamaño comiendo en diferentes establos. Sorprendente la cantidad de camellos reunidos, y de madres con sus crías, camellitos como si fueran de peluche que, alimentándose de ellas, nos miraban mientras atravesábamos sus guaridas. El olor era penetrante por los orines que esparcían como si fuera una gigantesca bacinica. Pero eso no era nada a comparación con lo que experimentaríamos media hora más tarde en cuanto nos adentráramos al templo de las ratas sagradas, en el santuario de Karni Mata. Te pido que no te horrorices. En este lugar cohabitan alrededor de veinte mil ratas en un espacio mugriento y fascinante a la vez. Al entrar nos tuvimos que descalzar, como símbolo de respeto para aquellos animalitos que sin recato alguno se acercaban a lamer nuestros dedos en un campo de excrementos y orines. El olor a azafrán y a mierda exaltaba nuestros sentidos. Se agolpaban los miles de roedores alrededor de cuencos con leche que sus fieles devotos les ofrecían como culto a los hijos reencarnados de Karni Mata, la reencarnación de la diosa Durga. Observamos las aterradas expresiones que enmarcaban los rostros de muchos turistas que evitaban pisarlos como quien camina sobre un campo de minas. Nosotras trascendimos la locura a pesar del asco y la repulsión que muchos sentían. Nos divertimos al concebirnos tan cómplices y atrevidas, gozando como niñas sin miedo a lo desconocido, como si fuéramos parte de ellas. De pronto, distinguimos una rata blanca que, según la superstición, quien la ve, tiene buena suerte. Tuvimos la inmensa fortuna de ser elegidas por ella al permitirnos contemplarla. Según los creyentes, significaba estar bendecidas, ya que en pocas ocasiones se deja ver. ¿Sabías que el color blanco en la India es el del duelo? Otra vez, papito, te manifestaste como si fueras la reencarnación de un *holy man* ataviado de blancura, una ratota sagrada de pelo cano. Al cruzar las miradas con ella, supe que estabas con nosotras, acompañándonos en esta singular y mística aventura.

कर्मा

esperté todavía abrumada por la surrealista experiencia de las ratas sagradas de Deshnoke. Me persiguieron en mis sueños. Hazte de cuenta que estábamos bailando en Chalma. El mismo jolgorio que en México: puestos callejeros con sus toldos de plástico decorados con banderitas de colores ondeando el paisaje. En ellos se venden todo tipo de artículos de cocina para las amas de casa, los que contrastan con otros de bisutería chafa bastante escandalosa para su vanidad. Tendederos mostrando suculentos platillos aromatizados con extravagantes olores. Gritos de niños, mujeres merolicas, hombres jugando cartas. Todo un merequetengue. Estoy segura de que lo hubieras disfrutado por lo chacharero que fuiste. Sin embargo, no hubieses aguantado el olor a comida grasienta mezclada con el aroma de patas, perfume de pachuli y sudor. El mismo de cuando entras al metro Balderas. Pero te confieso que, hasta el olor feo de la India y de nuestro México tienen su encanto. El hedor a orines, excremento y exudación me remonta a lo más básico del ser humano. A la delicia de expulsar lo más tóxico del organismo. El olor "feo" de las masas, de las personas que trabajan día a día, de peones y campesinos, de niñas de la calle, de hogares promiscuos donde viven diez personas en veinte metros cuadrados. Todos ellos son elíxires que no huelen a flores pero huelen a realidad. A la vida misma. Y estoy segura de que a partir de este momento me olerá a tu recuerdo, a esta sensación sonriente que me cobija cuando ando por estas calles repletas de corazones andantes que se entrelazan con el mío y el tuyo.

Híjole, y para acabarla de amolar, hoy, como nos advirtió Bawar-Buenaonda, nos dirigiremos a otro pueblo todavía más primitivo y más oloroso, que está casi colindando con Pakistán, ¿te puedes imaginar hasta dónde estaremos? Justo al noroeste de la India, donde nos acercaremos al desierto Thar. Y antes de encaminarnos a Jaiselmer, nada mejor que un delicioso omelet con queso, pan con mermelada de membrillo y café con leche. Marifer estaba más animada que de costumbre pues en el trayecto no se durmió como ayer durante el recorrido, sino que esta vez preguntó con curiosidad acerca de cuanto observó. Cada día hacemos paradas en diferentes templos o cementerios que encontramos en el camino. En esta ocasión, la más sorprendida fue ella al admirar el templo Jaivinista Bhandeshwar por sus labrados ornamentales embellecidos con frescos en tonos verdes entrepuestos con pequeños espejos recubiertos de hoja de oro. Entre tantas religiones, en este templo se adora a veinticuatro profetas, no a dioses. No obstante, estos son encarnaciones de esos dioses. El tema de la religión en países tan subdesarrollados como India y México marca una afinidad sorprendente: la ignorancia y la inconsciencia. Siempre las religiones han sido impuestas por los vencedores. Una lucha entre el politeísmo de las culturas antiguas y el monoteísmo de los invasores. En todas hay derramamiento de sangre, primero con los sacrificios de las culturas mesoamericanas, y después con un Dios hecho hombre que vertió su sangre para la salvación del mundo. Las religiones han existido para dominar al pueblo y su arma ha sido el miedo: temor a pecar y acabar en el infierno, como dice Octavio Paz. Aunque debo reconocer que en gran medida ha puesto orden a nuestros instintos primitivos y creado un poco de unidad entre algunas civilizaciones; de ahí que India sea un subcontinente religioso por excelencia. A mí, lo sabes bien, la religión católica me saca salpullido por ser un instrumento para controlar a los pueblos y por infundirles temor a través del pecado. Desde pequeña era desalmada en mis apreciaciones católicas. Odiaba tragarme todo lo que me decían y no poder interpretar el mundo bajo mis propios lentes sin traicionar las creencias del entorno cultural. De adulta, he tenido que abrir grietas para desbaratar mitos descabellados y establecer las diferencias entre la ficción y la realidad. Me he dedicado a leer libros de historia y filosofía, a estudiar a fondo la psicología y el pensamiento humano para adentrarme en reflexiones profundas y encontrar respuestas que puedan romper el mármol de las mentiras preconcebidas de nuestra civilización. Hace rato que dejé de engañarme como cuando creía en Santa Clos y los Reyes Magos. Al crecer, también desarrollé un criterio con convicciones más certeras y racionales. Recuerdo cuando apenas contaba con nueve años y mi mami nos envió a confesarnos a la iglesia del padre Valencia (corrijo: *violencia*). Al muy infeliz no le dio la gana darme la hostia bendita porque no llevaba un velo cubriendo mi rostro y unas enaguas de vieja. Ese día vestía con pantalones de lana. Desde ese momento supe que lo mío es la libertad de pensamiento sin ataduras. No vengan a imponerme qué decir y, mucho menos, cómo tengo que vestir. ¡Cómo padeciste con mis rebeldías y mis contestaciones abruptas y majaderas! Perdón, papito… Prometo reinvindicarme y ser más recatada. Quizá este viaje por la India me ayude a limpiar karma. ¿Será?

Seguimos nuestro camino por lugares desérticos. El panorama se transformaba cada vez más árido, seco y caluroso.

Encontramos en la ruta una docena de gacelas, manadas de reses y cabritos con sus respectivos rebaños con pastor incluído. Carretas con camellos, hombres abatidos de cansancio cruzando la carretera, ascetas con barbas largas y gigantescos turbantes con ropajes blancos de algodón se recargaban en las paredes de barro de las aldeas. Cada kilómetro era un agasajo visual, como si me sumiera en el gran sueño de la humanidad y me permitiera existir en otra dimensión y en otro tiempo. No me alcanzaban los ojos para admirar tanto paisaje; pero sobre todo, para detenerme a ver aquellos rostros arrugados por el sol quemante, pero cincelados por las sonrisas esparcidas al sentir que cumplen su destino, como si viera en ellos un gran mapamundi existencial.

Vale la pena detenerme en este párrafo para contarte de qué va esto que digo. La India es una inmensa caldera y aquel que cae en ella permanece ahí para siempre. Desde hace dos milenios, estas tierras han sufrido infinidad de inmigraciones e invasiones de pueblos diversos. La pluralidad de razas, lenguas, costumbres y tradiciones, así como la diversidad geográfica, convirtió a las tribus originales a lo largo de esos milenios en caldo de cultivo para la división de castas. Es un fenómeno social cuyo fundamento es la religión, la pureza fundada en la ley kármica: acción y reacción en esta y otras vidas. Somos la consecuencia de nuestras vidas pasadas y la causa de nuestras vidas futuras. Por eso nuestros sufrimientos, tanto reales como irreales, los pagamos en otra vida como una deuda y así nos preparamos para reencarnar "más felices". Bueno, a veces no necesariamente. Si tus acciones son no virtuosas, reencarnarás en un estado de conciencia infeliz y sufriente. Tú, papi, ¿habrás sido un alma vieja o joven? ¿Qué habrás sido en tu otra vida? Porque en esta fuiste casi un santo, un ser con mucha luz que prodigaste a cuanto humano podías. ¿Será que ahora que moriste te estoy consagrando y mitigo tus defectos y enaltezco tus virtudes de manera exagerada? ¿Al morir se nos perdonan los pecados? Por lo pronto, en la India tienen un destino que cumplir y deben pasar por varias vidas como pruebas irrefutables en su proceso evolutivo.

Mira, te explico un poco lo que aquí significan las castas, que es un tema sumamente relevante, pues a partir de esa noción todos conviven y se desarrollan. Las *varnas* o linajes son cuatro: la primera, la superior, está reservada a los *brahmanes*, quienes son los sacerdotes, los hombres de espíritu, pensadores, aquellos que señalan el camino; la segunda, más baja que la primera, son los *chatrías* o *kshatriyas*, guerreros y mandatarios, hombres de espada y política (eso ya te lo había dicho); la tercera, más baja aún, los *vaisas* o *vaishyas*, mercaderes, artesanos y agricultores, hombres de negocio; y, finalmente, la cuarta, los *sudras*, hombres dedicados al trabajo físico, sirvientes, jornaleros, obreros, campesinos. Dichas castas se subdividieron en cientos de subcastas. Estas últimas, a su vez, en otras, y así hasta el infinito. Y es que la India es infinitud en todos los aspectos de la vida, infinitos dioses, mitos, lenguas, creencias, razas, culturas, alimentos, especies, de todo y en todas partes. Se mire donde se mire, se piense lo que se piense, es omnipresente la infinitud de lo infinito que acaba por volverme loca. Las castas son entidades mucho más pequeñas que las *varnas,* es decir, las definen varios rasgos, tales como el territorio, el parentesco o el régimen alimenticio. El distintivo de la casta es en el fondo una noción religiosa, no económica ni política. Para nosotros, los mexicanos, la clase social es lo que nos distingue y está asociada con el aspecto económico. Aquí sucede lo contrario, la noción cualitativa es la religión: pureza e impureza. Nacimiento y karma. Lo que rescato y valoro de estas castas es que su realidad primordial es la colectiva. No son sólo un conglomerado de personas, sino un círculo de familias. Se nace, se crece, se vive y se muere en una casta. La práctica y camino espiritual dependen de cada casta. La única manera de salir de ella es la muerte o la renuncia al mundo, como lo hace el ermitaño o ser contemplativo, los llamados *sadhués,* ascetas o monjes que siguen el camino de la penitencia y la austeridad para obtener la iluminación y la felicidad. Son peregrinos que renuncian a todos los vínculos terrenales para trascenderlos y liberar la mente para buscar los verdaderos valores de la vida. ¿Cuáles son? Sepa Dios. Para mí el verdadero valor de la vida es vivirla con congruencia y entrega total. El camino a la felicidad sería ser quien realmente soy. ¿Cómo sabré quién soy? Por ahora no tengo ganas de filosofar (mi cuota la gasté con el anciano barbudo del Ashram).

Hay como un millón de peregrinos que recorren caminos, solos o en pequeños grupos, cubiertos de cenizas y pintados en la frente o el pecho. Su emblema es Shiva. Cada casta tiene sus dioses, su territorio, su oficio, su lengua, sus reglas de parentesco y su dieta. Cada casta es única y distinta, pero todas giran en torno al mismo principio inmutable: el origen, es decir, la pureza de espíritu.

¿Tú que pensarías de esto, papi? Si hubiera sido por la pureza de espíritu, estarías en la estantería de los *brahmanes* y, si hubieras sido catalogado por tu austeridad, un *sadhú*. ¿Será destino nuestro destino? Tú naciste en una cuna de aristócratas, de alcurnia, como suele decirse. Tuviste estrella. Tu familia de origen era poseedora de las más grandes y bellas haciendas de la región de Durango. Disponían de miles de hectáreas, por lo que tenías un destino asegurado. Esa era tu casta. Luego llegó la Revolución Mexicana y arrasó con sus riquezas, pero nunca te arrebataron la estirpe. ¡Con eso, se nace! ¿Soné chocante? Te podrán quitar hasta el último quinto, pero nunca tu dignidad cuando tienes una buena mama. Nunca noté en ti amargura por haber perdido esa suerte asegurada por tus antepasados, quienes la ganaron con esfuerzo y también por herencia. Al final, la vida puso de rodillas a tu familia, pero se levantaron y siguieron adelante. Mucho valor tuviste en seguir de pie aún siendo *descastado*; mucho coraje, al haberte ajustado a nuevas realidades y bailado con ellas. Esa es para mí la pureza de espíritu, orgullosamente, tu baluarte. ¡Rendirte nunca fue una opción para ti!

sta tierra está hecha también de mitos, leyendas que cuentan con los suspiros de la gente que cree en ellas y que, cuando están en manos de líderes espirituales de una cierta comunidad, suelen ser consideradas como verdaderas, como si fueran representantes de Dios en la Tierra. Por ello son tan poderosos estos mitos. Infringen miedo y controlan a quienes se les siembran tales historias. Limitan desde las lecciones ocultas y hacen dioses y demonios, héroes o caídos, virtuosos o pecaminosos a los seres humanos, según las enseñanzas que necesiten dar a sus comunidades. Los cuentos mágicos de la India son capaces de guiar a un pueblo entero. Pero, cuando se mezclan la superstición y el temor, pueden llegar a paralizar el pensamiento crítico o, peor aún, a prohibir por mandato divino cualquier acción que los contraponga. Como verás, este tema me apasiona. Lo sabes bien. ¿Te acuerdas de los agarrones familiares cuando discutíamos sobre religión? Se ponían ardientes cuando cruzábamos ideas con los amigos *mochos* y uno que otro tío apostólico y romano. Y qué me dices de cuando me expulsaron del colegio de monjas por pelearme con la madre superiora por ser irreverente e insurrecta al no querer confesarme. Por Dios, ¿qué pecados podría yo tener a esa edad? Bueno… sólo algunos piadosos. Afortunadamente, dentro de casa coincidíamos en la libertad de culto y nuestra religión siempre fue el amor, amor a la naturaleza. Por ello nos consideramos panteístas: amamos el todo existente, la suma de todo lo que es en el universo, cualidad que nos distingue como familia, sin dejar de ser seguidores de la doctrina de amor de Jesús, que mamá nos inculcó yendo de vez en cuando a misa y leyendo el gran libro de *La vida verdadera*, escrito por portavoces de Dios y que nunca tomaste muy en serio. No necesitabas adoctrinamientos de ningún tipo. La pureza y simpleza de tu espíritu alcanzaba y sobraba para entrar al reino de los cielos aquí mismísimo, en la Tierra. Tus palabras siempre eran cariñosas, tranquilas, no golpeabas con creencias inoportunas, no violentabas a nadie con discusiones vanas. La vida era tu maestra y, por ello, todos se arrimaban a ti para recibir tus orejas enormes. Fuiste un gran escucha. ¿Creías en Dios? Yo creo que sí, pues no había un solo día que no nos enviaras tus bendiciones cada vez que hablábamos contigo. Y aprovecho para susurrarle a ese Dios que, si cometiste errores o alguno que otro pecadillo, te los perdone y te guarde con Él hasta que te alcancemos de vuelta.

मिलाग्रितो

on las tres treinta de la tarde. Nos ha tocado otro hotel-*haveli* bastante deteriorado. El cuarto es estúpidamente colorido, adornado con colchas y cojines rojos y anaranjados chillantes, con telas roídas por el tiempo colgando de las ventanas. Confieso que el ambiente era acogedor y exótico como todo estilo hindú, pero chafón, y que lo único que lo salvó fue el aire acondicionado. Desde el tercer piso donde quedamos, nos asomamos por la ventana. Estupefactas vimos que en el patio central del hotel se imponía una gran alberca con un Mickey Mouse pintado en el fondo. El panorama era onírico, es decir, fantástico, irreal, alucinante… No sabíamos si reír o llorar. Pero como heredamos tu "pureza de espíritu", que no es otra cosa que vivir con sencillez, simpleza y buen humor, pudimos lidiar con la situación y salir triunfantes. Acabamos riéndonos de pura alegría. Con esa actitud lúdica nos acomodamos felices como si estuviéramos en Disneylandia. A la hora, después de estirar las piernas y descansar del largo viaje, nos dirigimos al lago Gadi Sagar con un guía jovencito que le cayó mal a Marifer, así nomás. Cada vez les tiene menos tolerancia a estos muchachos. La reserva de agua de lluvia se construyó en 1367. En su época, fue una fuente de abastecimiento para la ciudad. Está delineada con templos y *ghats*. El lugar toma vida en este mes con el festival de Ganguar, que presenciamos con una procesión de mujeres solteras lanzando flores al lago mientras oran por un buen marido a la diosa Gauri o Parvati, esposa de Shiva, que simboliza el gozo matrimonial. La vía de acceso pasa por debajo de la Tila ki Pol, puerta edificada para una tal Tila, prostituta y favorita de un príncipe. Esta mujer salvó el edificio de la destrucción transformando la parte posterior en templo dedicado a Krishna para que, al entrar todos, incluyendo el rey, se reverenciaran ante él y ella no fuera jamás juzgada.

Fue tal nuestra suerte que nos tocó la fiesta de estas mujeres bailando al ritmo de tambores, ataviadas de flores celebrando con alegría genuina. El sol brillaba. El clima nos concedía gracia y buen humor por estar de nuestra parte. Marifer se enredaba entre las manos de ancianas y jóvenes. ¿Estaría también orando a Gauri para que le consiguiera un marido? Olía a mujeres primaverales, perfumes penetrantes de jazmines y otras flores que no podía reconocer. La energía femenina se desbordaba entre los *ghats.* La diosa Shakti estaba presente. Es la deidad hindú femenina que significa la energía del universo, aquella energía y fuerza vital que circula por nuestro cuerpo. En la práctica hindú del tantra hay técnicas de iluminación a la que se llega canalizando la energía sexual. Shiva y Shakti son las dos caras de una moneda, así como son el yin y el yang en el taoísmo. Son como la luna y el sol, como la luz y la llama del fuego. Inseparables y únicos por sí solos, pero, sobre todo, complementarios. Están presentes en los aspectos manifiestos y absolutos de la existencia. El otro nombre dado a esta diosa es Kali, diosa madre, y a otras diosas: Durga, Parvati, Uma y más. ¡Úchale! Les falta economizar en dioses y a nosotros, los católicos, en santos. Aún siguen siendo muy primitivos, pero te confieso, aquí *entre-nous,* que las cosas confusas y complejas me divierten. De no ser así, no estaríamos tan gozosas como lo estamos ahora.

Sumergidas entre la música, las flores, el entusiasmo de mi hija para que se le hiciera el milagrito y la impecable compañía de esas diosas humanas, bailamos sin decoro hasta que una voz masculina nos sacó de nuestro ensueño para decirnos que nos teníamos que ir de inmediato para alcanzar el atardecer en las tumbas Bada Bagh. El chamaco tenía instrucciones precisas de la agencia de no perder ese momento sublime que estaba dispuesto en el itinerario, así que, con cara de enfuruñadas, fuimos jaladas de las orejas por aquel guía insoportable.

Confieso que valió la pena. Un lugar sorprendente. Nunca había conocido este tipo de tumbas, llamadas cenotafios reales, que más que eso, son construcciones funerarias simbólicas, ya que, dada su religión, los maharajás no eran enterrados, sino incinerados para posteriormente arrojar sus cenizas al río sagrado, el Ganges. Son bóvedas redondas con altos pilares cincelados con figuras geométricas escoltando las tumbas, esculpidas exquisitamente con la tierra color amarillo, distintiva de esta región, y que contrastaban con el verde de los cultivos de trigo que las rodeaban. Un gran jardín en pleno desierto. Casi irreal. En la parte posterior, se encuentran los cenotafios de las esposas de la familia real. Me resultó impresionante saber que estas mujeres no morían por causas naturales, sino que tras la muerte de su marido se suicidaban saltando a la pira de incineración de él. Era un acto de inmolación por fuego. Un antiguo rito, llamado *sati*. ¿Puedes imaginar a mi mami entregarse a la muerte de esa manera en cuanto te marchaste al otro mundo? ¡Yo sí! En la misa con tu cuerpo presente, mi madre se abrazó a la caja donde estabas amortajado. Tuvimos que arrancarla de tajo para separarla de ti. Deseaba con todas sus fuerzas fundirse contigo.

Esperamos sentadas en una de las piedras afelpadas por el musgo a que el sol nos bañara con su color dorado. Me sentía bendecida de no ser huérfana de cuajo de madre y padre de haber existido en México este tipo de ritual, aunque sabemos también que nuestros aztecas hicieron sacrificios de esta índole. Con esa gratitud en mi corazón, miré a Marifer, que aún seguía con su berrinche por haberse perdido aquella algarabía femenina. Su boca apretada, su ceño fruncido y los ojos disparaban a matar. Deseaba seguir en la fiesta como si al estarlo más tiempo tuviese más certidumbre de que se le hiciera el milagrito de encontrar marido. Espero con devoción eterna que encuentre uno para que le aguante sus rabietas.

ढ़ांठ

l hacer el *check-out* de nuestro majestuoso hotel-haveli-disney, el joven-guía-noscaegordo nos encaminó al fuerte de Jaiselmer que, vestido de amarillo, sobresalía como un fabuloso milagro de las arenas del desierto Thar abrazado con noventa y nueve bastiones o torres. Déjame decirte que es el único fuerte que alberga una ciudad habitada en toda la India. Fue construido en la Edad Media, en 1156. La cima en donde se acuesta está a ochenta metros de alto en el monte Trikuta. Dentro de la ciudadela están los templos *jaivinistas* de los siglos XV y XVI, dos palacios reales exquisitos con fachadas marmoleadas labradas a mano, tiendas y calles contenidas por sus muros. La elaboración de sus templos es de filigrana, y ninguna es igual. Indescriptibles. Ni en La Alhambra había visto este trabajo. Paseamos por su calle principal, Dussehra Chowk, repleta de tiendas textiles, antigüedades, mujeres colorinas de pueblos aledaños y lejanos. También cruzamos la calle de los perfumistas, con sus bosques de barritas de incienso y sus frascos llenos de exóticas esencias. Nuestras miradas pasaban por los mostradores centelleantes de babuchas bordadas de lentejuelas. Los mercaderes de telas, descalzos y sentados en cuclillas en sus pequeñas tiendas nos invitaban a escoger entre sus brillantes reflejos de sus mercancías. Compramos pulseritas y tapices bordados con hilo de oro y plata. Me enamoré de un sari color turquesa pensando que era de seda. Pagué tres mil rupias, unos setenta dólares aproximadamente. Para los precios de la India, salió carísimo. Ni modo, permití que me vieran cara de turista. Prácticamente eso era, no podía ocultarlo: una mujer con cara de mensa boquiabierta al admirar aquellos textiles que desbordan toda imaginación. En cada tienda nos sentaban en banquitos chaparros a tomar té chai con leche hervida. No sé cómo no hemos agarrado una salmonelosis o una tifoidea. Para contrarrestar el *tikka chicken* de la cena anterior, esta vez comimos en un humilde restaurante sándwiches de ensalada de pollo con jitomates y lechuga acompañados de dos cubitas con *cola*, para salvaguardar cualquier tipo de infección. Sin embargo, no evité ponerme chípil contándole a Bawar-Buenaonda el por qué de mis lágrimas. También a él se le nublaron los ojos al sentir suyo nuestro gran amor por ti. Te recuerdo que este hombrecito es quien ha sido nuestro guía permanente en el viaje; tiene un carisma particular. Es nuestro chofer, nos acompaña día y noche, como una especie de guardaespaldas. Casi no habla inglés, pero créeme que hay un idioma sin fronteras entre los tres. Hace un gran esfuerzo por complacernos y entendernos, es como jugar mímica. Tiene algo de ti. Nos reímos mucho al percatarnos de que no entendemos *ni papa* de lo que nos dice. Pero, al parecer, él sí nos comprende, pues estaba atento con tal afición y fervor que sentí como si fuera a él a quien le depositara tus cenizas. A partir de ese momento de intimidad compartida, los tres nos sentimos más cercanos. Nacía entre nosotros una hermandad. ¿Habrá sido Bawar mi hermano en otra vida? Tenía la sensación de haberlo conocido milenios atrás, como si lo reconociera, como si perteneciera a una misma tribu donde departimos juntos. Al regresar a sus ojos transparentes y cándidos, sentí encogerse mi corazón, como si me pudiese asomar a través de ellos al interior de *tu* alma.

El dolor pasó dando lugar a una leve euforia al dirigirnos hacia una región cercana llamada Khuri, a cuarenta kilómetros, que no era tan próxima, pues hicimos una hora. Pero, ¿sabes?, no tengo prisa. Disfruto el camino, observo cada detalle como si fuera una película en cámara lenta. Aparecen dunas y más dunas y uno que otro arbusto. Esta aldea donde paramos es muy pobre, con casitas redondas de barro color oscuro y techos de paja que las protegen de los vientos calientes y feroces del desierto. Los decorados exteriores son de color blanco que, en contraste con el café del barro, las convierte en una peculiaridad. El hotel, si es que podemos llamarlo así, es de lo más austero. Al llegar, nos recibió Adgar, el encargado del lugar, con un té chai —para no variar— y además con opio para masticar. ¡Opio! De por sí ya estábamos alucinando por encontrarnos a setenta kilómetros de los talibanes de Pakistán. Si llegáramos a percibir algo de miedo, el tal chicle de opio se iba a encargar de quitárnoslo. La mala noticia es que ni cosquillas nos hizo —o eso pensamos—. Me asombró encontrar en el patio central de nuestro paradisiaco albergue un fogón con leños ardiendo. Al cabo de diez minutos comprobé que no era para calentarnos —hacía un calor infernal—, sino para preparar el cordero que pronto cenaríamos. Alrededor del patio donde estaba la hoguera había seis cuartos con un baño para todos. Cada habitación contaba con una cama matrimonial que me *hizo ojitos*, coqueteándome a quedarme esa noche acostada sobre ella, pero la verdad, tenía otra cosa más interesante y arriesgada en mente para la noche, por lo que no accedí a su seducción. Dormir en un catre en pleno desierto, esa sí que era una tentación total. La decisión estaba tomada. Bueno, casi. Faltaba que Marifer me enviara un guiño de confirmación.

A las cinco y media estábamos listas para subirnos a nuestros respectivos camellos y recorrer el árido y desértico paisaje acompañadas por nuestros niños guías, quienes se montaron a espaldas de nosotras para llevar las riendas. Pero antes de subirnos, dos hombres *rajputs* envolvieron nuestras cabezas con telas que parecían no tener fin, dando por resultado unos turbantes grandes y pesados. Completamos nuestro ajuar *rajashtano* con los pantalones y túnicas de algodón naranja y amarillo, que habíamos comprado en el mercado de Jaiselmer. Nos sentíamos sooooñadas, sacadas del cuento de Aladino corriendo a todo galope cual gacelas (yo creo que era el efecto del opio). Mejor dicho, trotamos arriba de los camélidos, que a duras penas podían con su desnutrida alma. Al ponerse el sol, bajamos de nuestros altos aposentos con bastante dificultad y nos recargamos sobre los costados de nuestros nuevos amigos-los-camellitos que también reposaban hincados en la arena dorada. Ahora sí estábamos metidas en uno de tus largometrajes favoritos: *Lawrence de Arabia*. No obstante, era India, no Arabia —otro efecto de nuestra prematura iniciación al opio—. ¡Si nos viera así mi santa madre, se muere contigo! La verdad, papi, nos sentíamos felices. A todo galope mi corazón, una ligereza me habitaba. Hacía mucho tiempo que no me sentía tan libre. No necesitar nada más que el momento. Lo natural es lo mío, sin duda alguna. El poco viento que apareció acariciaba nuestros rostros y, acurrucadas en un abrazo, tu nieta y tu hija, le dimos la despedida al güero sol.

Regresamos al Chandani Desert Camp con un trote ligero y divertido rebasando a otros turistas que encontramos en el camino. Sumergidas en ese ambiente sin igual, nos sentamos sobre colchonetas tapizadas de telas coloridas alrededor de unas mujercitas rajputs, de ojos pintados con un negro extravagante y un rojo sangriento sus labios. Son hindúes de pura cepa de castas del valle del Kangra. Bailaban al ritmo de la cítara con movimientos sensuales con toda la influencia árabe. Sobre sus cabezas llevaban cinco jarras manteniendo su equilibrio. Vestían con ropas decoradas con holanes morados y verdes de sus faldas flotantes. En sus muñecas llevaban veinte pulseras doradas de la región de Rajashtán. El músico principal, que tocaba un organito portátil, pidió mi turbante naranja y amarillo para decorar su atuendo blanco. Tenía los ojos más profundos jamás vistos, podía bucear en ellos, como si me sumergiera al fondo de un mar humano. Su mirada me transportaba al origen de toda la humanidad. Su música y sus ojos me hipnotizaron. ¿Era el efecto del opio o el desierto, o acaso la lejanía de mi hogar? ¿Ese era mi hogar? No lo sé. Lo que sabía de cierto es que estaba viviendo otro nivel de realidad y aquel fuego me seducía de manera sobrenatural. No podía decodificar aún cuál era su llamado. ¿Habré sido una vestal en tiempos antiguos?

Adgar —nuestro *opio-dealer-noshacefelices*— se acercó para sacarme a danzar alrededor de la hoguera. Y en ese vaivén circular agotaba una tristeza escondida para darle paso a unas ganas de vivir sin recato, sin atajos, sin miedo. Aprender a gozar sin ti hasta que muera. Paradójicamente, tu muerte me daba vida. Y en ese asomo a mi existencia en aquella parte tan lejana de mi país, observaba a Marifer con asombro al verla bastante relajada con las dos cubas que traía encima —y que no sé cómo le hizo para ingeniárselas y conseguir las Coca-Cola para no traicionarte con otra bebida que no fuera la tradicional cuba libre que tanto te gustaba—. Leal a ti hasta morir.

Al verme, se unió al baile. *Opiamente* desaforadas al ritmo de los tambores, nos dimos valor para dormir en el desierto a solas. Lo decidimos apenas cruzamos nuestras miradas. Una tentación deliciosa. ¿Era aquello otra adicción a la locura? Mientras preparaban los enseres que llevaríamos al desierto, un gran bufé estaba servido para nuestro deleite, con platillos típicos del lugar: guisados, arroz, lentejas. Pero, además, Bawar-Buenaonda nos preparaba sólo a nosotras, como una distinción a nuestra complicidad, un platillo de su especialidad: *mutton*, carne de oveja con una especie de chile ancho parecido al nuestro, bastante picoso pero delicioso. Son increíbles las semejanzas que hay con nuestra cultura, sobre todo en lo culinario. Muchos de los sabores de la cocina india son también de la mexicana. Coincidentemente, resulta ser la misma latitud del otro lado del mundo. Sus *chapatis* se parecen a nuestras tortillas, nada más que hechas de trigo en lugar de maíz. Sus salsas o curris son como nuestros moles, hechos a base de especias exóticas. Hay una diferencia esencial, no en sus sabores, sino en el rigor de los tabúes de orden ritual. En un extremo hay festín, pero en el otro ayuno, debido a las prohibiciones en su régimen alimenticio (matar animales da karma). Deben comer con la mano izquierda porque la derecha la usan para limpiarse al ir al baño. Medida de higiene frente a la pobreza y falta de recursos. Otra paradoja. Sin embargo, nosotras no tuvimos recato alguno en comer con ambas manos. Es un deleite casi orgásmico chuparse los dedos y embarrarnos la boca. Los sabores se aprecian más. Y en ese gran Festin de Babette acunaba en mi interior a aquellas mujercitas morenas con pelo suelto bailando circularmente (como los derviches) con una alegría casi ofensiva. Sus ojos negros, hondos y líquidos me sumían en un torbellino de sensualidad y deleite impudoroso. Tanta realidad se vuelve irrealidad. Y esa irrealidad vivida en esos instantes se convertía en un gran escenario donde se vislumbraba algo más allá, inexplicable en ese momento. Miraba todo aquello con inocencia, con apetito de vida y fascinación absoluta.

Salí de la ensoñación abruptamente en el momento que Adgar-Noshacefelices nos invitó a subir al jeep cargado con dos catres, dos almohadones, dos cobertores tipo colchonetas, cuatro botellas de agua, una bolsita de nueces y dátiles, y una linterna, para depositarnos en el desierto. Sin miedo, pero sorprendida por nuestro atrevimiento, llegamos a las dunas. Rápidamente subimos a las camitas improvisadas para resguardarnos de una noche sin luna. Afortunadamente nos acompañaba un vigía del desierto, quien dormiría a una distancia lo suficientemente cerca para cuidarnos en caso de cualquier peligro. Confiadas en esta aventura sin precedente, siendo las once de la noche, nos acostamos boca arriba para admirar el cielo que nos cobijaba con aquel manto estrellado. Lo único que me quitó el miedo fue sentir que estabas a mi lado, papi, y así se lo hice saber a tu nieta, que a ratos se sobresaltaba porque veía sombras y escuchaba chirridos de animales. Yo sólo escuchaba el silencio de la oscuridad y, para apaciguarlo, me dediqué con devoción a honrar a todos mis antepasados que parecían hablarme y mirarme desde arriba. Recordé con amor a mis seres muertos pero vivos en mí, a mis grandes amigos jóvenes y viejos que se adelantaron por enfermarse de cáncer: Paco, mi primo Octavio, Paty, Male, Chiqui y Márgara. Y, por supuesto, no podían faltar mis abuelos adorados Ángel y Tita, Pane y Ane. Fue un momento muy especial, como si tú me los hubieses bajado de las alturas para que los acariciara con mis recuerdos. ¡Qué cerca estaban! Y yo conectada con cada uno de ellos como lo estoy contigo y con la vida. ¿Sabes lo que me repetía como un mantra? ¡Estoy viva, estoy viva! Sentía el viento cálido del desierto como un arrullo. Intenté hacer un resumen de todas las fases de mi vida, de lo que he visto, olido y tocado. Me mecí en el suave oleaje de mi memoria. De pronto sentí un leve mareo, ¿qué era todo aquello que me atrapaba? Entusiasmo, temor, asombro, alegría, náuseas, hormigueo, excitación…

una mezcla que aún no tiene nombre ni apellido. Mi hija, al lado mío, acompañándome sin decir palabra. Reconocía su osadía, pero, sobre todo, valoraba la confianza depositada en mí. Sabía que la protegería de cualquier amenaza con la misma certeza con la que yo crecí sabiendo que tú dabas la vida por mí como yo la doy por ella. Un océano estelar brillaba y el silencio era tal que era música para nuestros corazones. Me quedé dormida rápidamente, pero se coló una pesadilla. Desperté agitada. Ahora yo tenía miedo. No quise abrir los ojos, sólo escuché que me susurrabas como el aire: "duerme, duerme, aquí estoy velando tus sueños".

privilegios

a luz del sol naciente me sacudió. Apenas unos rayos se asomaron y levanté a mi niña para que juntas diéramos la bienvenida a otra aventura. "Qué distinto me parece todo de día", comentó al despertarse. Efectivamente, todos los monstruos de la noche se esfuman con la llegada del amanecer. Las pesadillas se disipan y el miedo también pierde intensidad, como si la luz tuviese el poder de neutralizarlo. El negro ya no es tan negro. A la luz del día constatamos el gran privilegio de estar vivas. Sentir el tenue viento del desierto alborotar nuestros cabellos no era algo que se da todos los días; admi-

rar cómo el infinito se pone totalmente dorado era no haber visto nada en esta vida; pero distinguir entre la arena unas huellas de patas de animal debajo de nuestros catres, eso sí fue pavoroso. Del asombro por la belleza pasamos al terror de saber que durante la noche estuvimos bien acompañadas no sólo por ti, sino por otras criaturas "inofensivas". Nos sentimos sumergidas en una auténtica expedición de National Geographic. Nomás nos faltó fotografiar a las aves de rapiña, serpientes, escorpiones y sepa qué otros bichos que pasearon alrededor nuestro. Nunca lo sabremos. Por lo pronto, tocamos ansiosas nuestros cuerpos y descubrimos que estábamos completas, no nos faltaba ningún dedo. Al poco rato, divisamos a lo lejos a los mismos niños de ojos vivaces de ayer que llegaban por nosotras con nuestros nuevos-amigos-camellos. Subidas en aquellos dromedarios despeluchados y dispuestos a cargarnos nuevamente, disfrutamos aún más el paseo de regreso por estar sanas y salvas.

Adgar-Noshacefelices nos recibió con naranjas, plátanos y manzanas. ¿De dónde salían aquellos frutos en medio de la nada? Además, con un pan tostado con té negro y, aunque fuera inadmisible a esa hora, nos ofreció más opio para masticar. ¿Qué intentaba? ¿Hacernos cautivas de las arenas? ¿Ser nuestro *camello* eterno? Al cabo de recibir aquellos benditos placeres, nos bañamos en el patio central a jicarazos de agua fría enjuagando el pegoste de la humedad de nuestros cuerpos. Fumé un cigarro indio hecho de hierbas ciento por ciento naturales: albahaca, clavos de olor, regaliz, cúrcuma y canela, sin nicotina ni tabaco, ofrecido por Bawar-Buenaonda. *"These cigarrettes are very good for your health".* Tan buena onda Bawar, que nos ofreció una cajetilla de cigarros Nirdosh, basado en los milenarios principios indios del Ayurveda, medicina que integra en su sistema de sanación cuerpo, mente y espíritu. Y así, con el humo ecológico y medicinal entre los labios, nos despedimos con gratitud de aquel lugar sencillo y extravagante. A la vez, nos pusimos en marcha hacia otro pueblo llamado Jodhpur con un tiempo estimado de cinco horas. Mientras mi hija dormía en el asiento del lado del copiloto, recuperándose de la noche anterior —al parecer no descansó como yo supuse—, me dediqué a seguir leyendo *Vislumbres de la India*. ¿Sabes quién nos ha acompañado durante todo este viaje, papi? Nada más y nada menos que Octavio Paz. No te podrás quejar. Él ha sido quien me ha hecho comprender la India, explicándome la complejidad de sus creencias, las más bellas paradojas de su cultura. Ha perfilado sus contrastes para fecundar infinitas posibilidades en la travesía. Me ha mostrado los más reveladores pasajes que vivió cuando fue embajador mientras yo tenía un año de nacida. Parece que la India desde entonces, hace cincuenta años, no ha cambiado en absoluto. Cada palabra ha enriquecido mi visión y ampliado con agudeza analítica mis horizontes mediante una realidad contrastante de todas estas discrepancias que voy notando en el camino. Cada frase ayuda a que mi mirada se renueve y me adentre a este país con tal comprensión que la India se vuelva mi amiga y hasta mi confidente.

Con los ojos pegados a la ventana del auto, parecía que observaba mi andar por primera vez. Tenía una visión capaz de inspirarme cuestionamientos profundos del por qué esta gente pasaba descalza caminando por esas calles polvorientas llevando a cuestas pesadas canastas en sus espaldas y jarrones de barro con agua a sus hogares, mientras yo pasaba en cuatro ruedas plácidamente. ¿Qué he hecho para merecer este privilegio? O quizá ellos son los afortunados por vivir con tanta mesura y sumisa humildad: la inescrutable aceptación de su condición. Lo más alarmante es que los veía sonreír mientras me saludaban como si yo fuera una actriz famosa. Dentro de su mundo, los veía orgullosos de ser quienes son, mientras yo encerraba una vergüenza ancestral de "yo no hice nada para merecer esto que me tocó vivir", como si al verlos me disculpara de no ser como ellos. Como si hubiera cometido un delito por haber nacido con más lujos. De ahí que, supongo, creer en la reencarnación es la única explicación a la injusticia de la vida. ¿O será la vida tan justa, tan justa, que se vuelve injusta para todos? Aquel que se considera superior, inferior o incluso igual que otro no comprende la realidad. Una vida no basta para impregnarse de ella, para asimilarla y nutrirse de su sabiduría. La realidad de la realidad. La *neta-física*. El más pequeño de todos los hombres quizá sea el más grande. Todo parecía en ese momento una revelación, todo cobraba sentido en el marco de una creencia de que todo es ilusorio: el *maya*. Es un término sánscrito en la doctrina *vedanta* que se traduce como ilusión, irrealidad, espejismo. En los *Upanishads* hindúes, el mundo se considera emanación de la energía divina o maya. Toda esa imperante realidad era mi Yo ilusorio. Recordé la poesía del filósofo chino Chuang Tze que decía: "Ayer soñé que era una mariposa, y ahora que estoy despierto no sé si soy un hombre que sueña que es mariposa o una mariposa que piensa que es un hombre." ¿La muerte será un estado ilusorio, un sueño, o es la puritita verdad disfrazada de mentira? ¿Estarás muerto, papi, o más vivo que esta vida? Dame una respuesta porque, de ser así, entendería que hay vida después de la vida y, si la muerte es sólo la transición a otra existencia mejor, ¿entonces qué carajos estamos haciendo en esta sufriendo tanta injusticia, abuso, desamor, fracaso, ambigüedad y dolor? ¿Para qué venir en balde a darnos la vuelta a este valle de lágrimas? Viéndolo así, preferiría quedarme en el paraíso. ¿Para qué nacemos si vamos a regresar a la unidad, a la libertad del ser? El cuento de que venimos a este mundo a aprender dentro de una espiral evolutiva parece una broma pesada de Dios. Bastante juguetón el señor de los cielos. Si allá, donde está Él, todo es mejor y somos todos iguales, ¿para qué nos hizo aterrizar en este vasto y caótico planeta color marrón y azul? Por lo pronto, quédate por allá disfrutando de esa paz mientras yo te mantengo vivo en este *maya*. Tú jamás dejarás de existir mientras yo te recuerde con la certidumbre cristiana de que en algún punto de la eternidad nos volveremos a reunir.

espejismos

Con estas conjeturas en mi mente atiborrada de ideas, llegamos a un lugar bastante sucio, lleno de puestos, gente y vacas cafés instaladas en las calles como si hubiesen pagado renta por vivir en medio de todo y del lodo. Las motos obstaculizaban nuestro paso y Bawar-Buenaonda aminoraba la marcha para dar estridentes bocinazos para que pudiéramos llegar al hotel escondido entre aquellos tianguis. Pero se me olvidaba mencionarte que, antes de llegar a este pueblo, pasamos a otro fuerte convertido en memorial: Jaswant Thada. ¿Te das cuenta de la cantidad de monumentos magnánimos que habitan en este subcontinente? Tan impresionantes que los estoy olvidando. A estas alturas, papito mío, ya te hubieras muerto otra vez antes de seguir recorriendo tanta arquitectura mogol, monumentos gigantescos, estatuas de soldados valientes desconocidos y estrechos callejones malolientes. Estarías ciego a todo ello y puedo imaginarte buscando la arqueología de un bar cercano donde beberías fascinado una *chela* bien fría charlando con varias personas. Siento decepcionarte, pero a duras penas se vislumbra un café por estos rumbos. Me pregunto luego entonces, ¿qué hago paseándote por la India? Ya estamos en esto, así que ni me respondas. Más me vale seguir con mi nuevo oficio de guía turística: este es un elegante mausoleo con pilares de mármol sobre una colina del siglo XIX del Maharajá Jaswant Singh II. Aún le siguen rindiendo homenaje las personas aledañas al fuerte; le llevan flores, ya que en sus tiempos de gobernante llevó una novedosa forma de irrigación de agua que hasta la fecha utilizan. Desde esa colina, observamos otro fuerte amurallado que visitamos también: el Mehrangarh. Está elevado a ciento veinticinco metros sobre la ciudad de Jodhpur. A lo lejos se divisa en lo alto, como si fuera una gran roca con excelencia arquitectónica. Está considerado como la fortaleza más formidable y magnífica de la India. Las paredes del fuerte tienen una altura de treinta y seis metros por veintiuno de ancho en una superficie de cinco kilómetros. Este ramillete de fuertes amurallados de Rajashstán parece no tener fin. Cada vez nos tropezamos con otro más regio, más grandioso, más imponente. Te recuerdo que estamos al norte de la India, casi colindando con la frontera de Pakistán. Este estado es, sin duda, el más colorido y folclórico de todo el país. En México equivaldría a estar en Chiapas. Todo lo que cualquier persona quisiera encontrar en este subcontinente indio está aquí como lo hemos visto hasta ahora: mujeres con saris de explosivos colores, hombres con turbantes formados por metros y metros de tela, camellos y vacas amigables (aún faltan los elefantes engalonados). Y todo aunado al escenario de ciudades envueltas en un halo de magia y presididas por esos imponentes y majestuosos fuertes. ¿Por qué amurallados? ¿De quién se defendían? En Rajashtán vivieron y lucharon los rajputs, un clan de guerreros de casta chatría que se caracterizaba por su orgullo e independencia. Estas luchas y pugnas internas entre los diferentes estados los debilitaron hasta el punto de llegar a ser sometidos por el imperio Mogol (árabe). De ahí que se defendiera para no desaparecer, conservando sus vidas dentro de las ciudades amuralladas. Con la caída de los Mogoles, fueron recuperando su independencia, al menos hasta la llegada de los británicos, momento en el que la mayoría de los clanes rajputs se aliaron a los europeos para mantener la soberanía de sus estados. En mayor o menor medida, se mantuvieron así hasta que, en 1970, Indira Gandhi abolió todos los títulos y eliminó los favores económicos. El más espectacular de todos los fuertes es este. Según Rudyard Kipling, es la mismísima creación donde nacen los ángeles, las hadas y los gigantes. Su exterior es austero, pero en el interior hay palacios de exquisita decoración. Su construcción tuvo lugar entre los siglos XV y XVII. Hoy en día la propiedad sigue en manos del *maharajá*, el cual abre sus puertas a los turistas a gran parte del complejo. Los hindúes suelen llamarles *rajá*, una palabra de origen sánscrito, que significa *quien gobierna*. Antiguamente, a los que eran especialmente venerados, el pueblo les añadía el prefijo *maha-*, que significa grande. Este *maharajá* de Jodhpur se creía descender del sol y jamás ha dejado de reinvindicar la gloria de su linaje. Deambulando por sus rampas y sus enormes portales, nos llamó la atención contemplar las huellas de manos que dejaron las mujeres rajputs antes del *jauhar*, el suicidio colectivo, donde sus mujeres y niños se arrojaban a la pira funeraria antes de ser violados, convertirse en esclavos o ser asesinados, mientras los hombres se enfrentaban a su enemigo y a una muerte segura. Una vez más, nos encontrábamos con esta forma de conservar el orgullo y el código de honor entre esta casta guerrera. Dentro de sus siete palacios se encuentra un museo gigante con una rica colección de miniaturas, instrumentos musicales, trajes, armas y mobiliario antiguo, entre mil curiosidades más. Sus murallas no sólo conservan una parte de los cañones originales, sino también una vista impresionante al alfombrado azul de la ciudad de Jodhpur. Como soy tus ojos en este recorrido, me siento inepta para describírtelo. De tanto admirar se me está quitando el asombro. ¡Y yo que me enorgullecía de nuestro castillo de Chapultepec! Esto es inigualable. Dentro de estos palacios se encuentran piezas únicas, como los palanquines decorados con piedras preciosas y bordados de oro que se usaban encima de los elefantes enjaezados sobre los que se paseaba la familia real. Hay salones, como el gran *hall* de los espejos, tipo Versalles, repleto de conchas incrustadas en los cristales y sus lunas cubiertas con oro de hoja para dar a las paredes un lujo sin igual. La impresión de este pasillo fue enorme al encontrarme reflejada y, de pronto, un espejismo apareció entre esas lunas: yo estaba tomada de tu mano, tenía apenas ocho años, vestía un vestido azul cortito con cerezas bordadas por mi mami en el cuello de holán blanco, con zapatitos de charol negro y calcetines blancos cortitos. Mi cabello cortado a la altura de las orejas con fleco pegado a la frente. Me observaste sorprendido de que te estuviera mirando yo, adulta, del otro lado del espejo con la misma admiración y orgullo que cuando era una chiquilla boquiabierta de tu serenidad y ternura. Una visión detenida en el tiempo: yo, niña y mujer simultáneamente, dentro de un caleidoscopio, reflejo de mi esencia fundida en la tuya. De tanto reflejarnos en aquellas imágenes, sentí un fuerte mareo que me trajo a la realidad. Salí de ese pequeño viaje del tiempo contigo para adentrarme a este otro del palacio, transportándome a ese siglo entre sus jardines geométricos y patios centrales. Al final de uno de ellos estaba el salón de cunas, exclusivo para las mamás que mecían a sus bebés mientras se asomaban por las celosías a mirar el mundo de los hombres. Tú, por el contrario, nos veías a través de otras celosías interiores para mirar el mundo de tus cinco mujeres. Aún sigo sin entender cómo pudiste aguantar tanto carnaval hormonal, tanto escándalo mientras nos poníamos guapas para las fiestas, tanta serenata de los novios, tanta complejidad femenina. Estuviste dentro de nuestro mundo y nosotros poco dentro del tuyo. *¡Chapeau!* Tu prudencia fue admirable.

Terminé recorriendo con toda calma cada rincón, sintiendo que la magia me inundaba. Tuve la grata sensación de haber estado dentro de esas habitaciones en otras vidas, quizá, observando desde aquellos espejismos otros mundos. Confieso que sentí unas ganas locas de quedarme a vivir allí.

हिस्टेरिया

hocante fue llegar a la ciudad de Jodhpur y encontrar aquel río de personas tumbadas sobre mantas, niños corriendo de un lado a otro y tendederos de artículos corrientes hechos en China. Conforme íbamos adentrándonos en las calles, vislumbramos el haveli-hotel, contrastante con el infortunio de alrededor. Una gran sorpresa fue hallar un palacio antiguo habitado por otro de los muchos maharajás que gobernaban esas regiones. Estaba en perfectas condiciones, cuidado impecable. ¿Dónde quedó la miseria? Bawar-Buenaonda nos depositó en la recepción, que era muy semejante a la de un Four Seasons. De repente, apareció un hombre elegantemente adornado con un turbante azul cobalto, que nos condujo hasta nuestra pequeña habitación en el primer piso, donde cabían dos camitas perfectamente vestidas con colchas de algodón bordadas a mano y grandes almohadas blancas. En las paredes colgaban retablos con pinturas tipo miniaturas, a la derecha, un baño grande, televisión y hasta un bar. Ya nos tocaba un lugar decente donde dormir, sin ofender al desierto. Lógicamente, lo primero que hicimos fue darnos un baño caliente, enjabonarnos y emperifollarnos como dignas princesas del haveli.

Paseamos por las calles, decepcionadas de encontrar artículos de baja calidad, pero aun así compramos pantalones baratos tipo Alibabá que usaríamos el resto del viaje. Este gran tianguis está inmerso en el centro de la ciudad de dos millones de habitantes —de pueblo no tiene nada— dentro de una plaza con un reloj europeo llamado Bazar Sardar. La gente es sucia, no sólo pobre. Y, como una amiga alguna vez me dijo: la India es promiscua. No me refiero a lo sexual, sino a esa manera demasiado confianzuda de convivir con pocos centímetros de espacios disponibles. Y si los hay, se aglomeran de inmediato para no dejar hueco alguno. Bebés alimentados por sus madres en las calles con los pechos de fuera al lado de los perros y de vacas cagando. A cada paso voy cobrando conciencia de esta civilización que no es nada opuesta a la que he vivido durante toda mi vida.

México es así, pero lo damos por hecho. Nos da miedo mirar, es mejor hacernos de la vista gorda. La miseria, el hambre, el horror acecha por doquier y he tenido que venir hasta acá para que me duela el dolor del mundo. No es que no me haya percatado de ello. Tú sabes que, desde que tengo uso de razón, mi madre y tú nos inculcaron el amor al prójimo y lo tradujimos al estar al servicio de quienes creíamos que necesitaban ayuda y acompañamiento sin percatarnos, en ese entonces, que eran ellos quienes más nos daban. El servicio social estaba dentro de la canasta básica de nuestra educación, aun cuando tú no eras muy adepto a ello. No obstante, nos vigilabas sentado en una silla, mientras mis hermanas y yo, aún siendo muy pequeñas, pedíamos dinero para la Cruz Roja afuera de un Aurrera, con nuestras alcancías y una bandita en el brazo derecho, cuando mi mami fue presidenta de colecta durante nueve años. En el rancho de mi abuelo, cada diciembre vendíamos ropa a los campesinos, a *tostón*, para no quitarles su dignidad, y después celebrábamos con ellos una posada tradicional; también daba clases de alfabetización a los doce años en la escuela pública de la colonia Pastores y, ya estando en preparatoria, los viernes los dedicaba a visitar a mis viejitos en un asilo al sur de la ciudad, quienes me reclamaban desperdiciar la tarde con ellos: "¿Qué haces aquí, chamaca? Ándate con el novio." Un domingo al mes convivíamos con niños en estado vegetativo o daño cerebral severo; otro, íbamos al Valle del Mezquital a donde les llevábamos comida, ropa y juguetes, a los habitantes de la región. Esa dura realidad me acompañó durante esos años y transformó mi vida. Conecté con lo más sagrado de mi ser. ¡Cuánto amor recibí de ellos! Ahora tengo otras batallas internas que librar. Queda mucho que hacer por la humanidad. Cada quien a su ritmo, a su tiempo y a su medida. Para mí, contribuir al mundo sembrando una simple sonrisa sincera es suficiente. O más sencillo aún: estar contenta y no hacerle daño a nadie. ¿Qué puede uno hacer cuando hay tantos millones de personas muertas de hambre? ¿Avergonzarse? ¿Culparse? No. Por lo pronto, tu muerte ha dado a mi alma una sensibilidad tal que se me desgarra la piel palpando realidades miserables que no puedo cambiar, pero, como si fuera la piel de las serpientes, se regenera de inmediato al sólo mirar la mansedumbre y beatitud celosa de estos habitantes.

Al llegar al hotel, subimos a la azotea donde estaba el restaurante con vista al Fuerte. Se veía impresionante al ser alumbrado con altivos colores rosados. Allí nos encontramos por cuarta vez a los italianos, una mamá con sus dos hijos adolescentes. En esta ocasión, uno de ellos estaba en cama con mucha fiebre. Isabella estaba muy preocupada de que fuera algo grave, por lo que le ofrecí antibiótico traído desde México pensando que nunca los utilizaría para nosotras. La compensación a nuestra generosidad fue un Chicken Tandori, dos cervezas bien frías y un sueño reparador.

देहार

e estado tan distraída, tan extasiada de este lado del mundo que me he olvidado hasta de reportarme con mis otros hijos y mi marido. ¿Cómo es posible que después de casi ocho días de estar fuera no supiera nada de mi madre? No tengo perdón ni de los santos ni de los dioses hindúes. En Delhi pude avisarles, en un corto correo, que había llegado con bien, pero nada más. Me reconforta saber que he intentado en varias ocasiones encontrar un internet decente en los otros hoteles, pero que ha sido imposible comunicarme por estar en lugares apartados de la civilización y, por ende, de la tecnología.

Me he sentido sumergida en una burbuja lidiando con mis propias emociones y dejando atrás la realidad de los demás. Ya aquí es distinto y, por fin, en este hotel hay buena señal, como las señales que diariamente recibo de ti. Corrí a ganar lugar en la computadora dentro de la oficina destinada a los huéspedes y me instalé desde las siete de la mañana a escribirle a mi mami, a tu adorada esposa.

Mamita hermosa,

Llegué a la India con el alma entristecida, haciéndome la valiente pensé que todo estaría bien, que el dolor cesaría poco a poco, pero a ratos se ahondaba más. Si así es para mí, ¿cómo será para ti? La ausencia de mi papi se hace más fuerte y llena todos mis espacios. Vivo mi dolor desde un lugar muy distinto al que creo hubiese sentido en México. Aquí he encontrado consuelo con el abrazo amoroso de Marifer, mezclado con las miradas aguadas de los indios que han penetrado muy hondo en mí. Con tanta vida me he olvidado de la muerte. Sin embargo, no olvido tus ojos apagados y secos de tanto llorar. Te dejé partida en mil pedazos: tu piel, tus entrañas, tu corazón esparcidos y salpicados por doquier. Para ser total, necesitas dividirte en cachos, sólo así se atraviesa la oscuridad del alma. Intuyo tu soledad y no me queda más que escribirte y hacerte saber que aún en la distancia, puedo partir tu dolor en dos. No me imagino siquiera cómo es perder a tu gran amor de cincuenta y siete años de manera inesperada. ¿Cómo puedo ser tu pañuelo si estoy tan lejos? Sabes que estoy contigo, ¿verdad? Espero que me sientas. Te llevo hilvanada en mi pecho y, a mi papi, viajando conmigo mientras acaricia cada uno de mis momentos con su recuerdo siempre presente. Así es como estoy viviendo mi duelo, mamita: le hablo y él me contesta mostrando señales de vida en cada paso que doy. Está en cada instante que vivimos. Nos persigue, nos espía. Su rostro y su risa, más nítidos que nunca. Lloro por dentro con un llanto de gratitud por haberlo amado tanto. Sólo un manto delgadísimo nos separa. Creo que he encontrado la llave para liberarme de su ausencia, y es conectándome con todo lo vivo y latente que ocurre aquí. Rechazo la idea de ahogarme en el vacío y mejor decido convertir alguna de las lágrimas en risa, pues él así lo hubiese deseado. No sé cómo lo vives tú, pero confío en que al tiempo saldrás de ese lugar frío y oscuro en el que hoy, imagino te encuentras. No quiero que te sumas en la muerte. ¡Estamos vivas! Quizá si te sueltas, en el fondo del precipicio, te sientas más libre. No lo sé. Yo lo estoy tratando de hacer. No aferrarme a la nada y soltarme a la vida.

Si pudieras desgarrarme la piel ahora, estoy segura de que podrías ver tu sangre correr en mí...

Mache

Sollocé como una niña que ha perdido su muñeca mientras imaginaba a mi mamá despertándose sin ti. Levantándose sola por la mañana para cocinarse una avena con leche nomás para ella; sentadita en el cuarto de tele viendo alguna de tus series sin saberte reposando en tu sofá color marrón. ¿Qué estaría haciendo ahora mientras le escribía? ¿Cómo habrán sido sus días? ¿Te sentirá cerca a su lado como yo?

Salí secándome los ojos de aquel cuarto. Encontré a Marifer esperándome en la cafetería con un rico omelet de queso de cabra. No dijo nada. Sonrió y me preguntó: ¿ahora hacia dónde, ma? Vámonos de compras, le respondí con alegría fingida. Al saludar a Bawar-Buenaonda, recuperé mi *statu quo*, este hombre me pone de buenas. Siempre tan sonriente, tan simple, tan dispuesto. Esta vez nos condujo a su tienda consentida sabiendo que nos iba a encantar el lugar. ¿A qué mujer no le gustan las compras? No hay nada mejor que el *shopping* para regocijar el alma. Era una bodega enorme, una cooperativa de telas y textiles antiguos, saris hechos con sedas y brocados de hilo de oro y plata de seis metros de largo. Nos envolvimos en ellos y salimos estrenando una nueva personalidad. Para completar el disfraz hindú, el vendedor nos pintó un lunar en medio del entrecejo, llamado *bindi,* cuyo significado milenario es aludir al tercer ojo, que significa ver mas allá de las apariencias, la mirada interior que va hacia Dios. El mío fue color rojo, símbolo de la mujer casada. Y, el de Marifer, color negro, que representa la soltería. Ahora sí, parecía una auténtica princesa hindú. Su tez blanca y su cabello largo y oscuro enmarcaban sus ojos negros y brillantes. Ojos que hechizaban a cualquiera.

Cada vez que observo a mi hija con esas ganas de vivir, y su curiosidad por todo cuanto hay, le doy gracias a mi mami por enseñarnos a gozar de las cosas simples, de decirle sí a la infinita oferta de la vida. Mi madre, una mujer valiente, disciplinada, alegre, tenaz, sabia, grandiosa, impecable… simplemente hermosa. Hoy noto cómo sus grandes hazañas y virtudes han caído cual cascada sobre nosotras, modestia aparte. También tiene la cualidad imperante de ser compradora obsesiva, por lo que Marifer, siguiendo sus pasos, deseaba llevarse todo, colchas, tapices, mascadas, saris de múltiples colores. Y, como no sabemos decir que no, aunque nos llenemos de hijos, como decía mi abuela, arrasamos con todo, todito. Bawar-Buenaonda nos miraba y movía la cabecita como esos muñequitos que tienen los taxistas mexicanos colgando de los retrovisores. "¿Dónde va a caber todo aquello?", nos preguntaban sus ojos intrigados. Pero, a decir verdad, los precios lo valían, además de que sirvieron como bálsamo a mi dolorcito de pecho.

Subimos al auto y nos dirigimos a Ranakpur, templo jainista. El más hermoso y extraordinario del mundo entero. Escuchaste bien. Algo i-ni-ma-gi-na-ble. Contiene dentro del recinto 1444 columnas de mármol perfectamente esculpidas que terminan coronadas por preciosos capiteles labrados, también con extrema maestría, con motivos de diosas danzantes, profetas, serpientes y elefantes. Sus techos cubiertos de un encaje de piedra. Todo tapizado de una filigrana exquisita y pura. ¿Cómo es posible que manos humanas hayan creado tal perfección? Pensé que sólo podía existir en esos tus rumbos celestiales de ahora. Indescriptible la belleza. Cada uno de los pilares es diferente de todos los demás. No hay dos iguales. Sin duda, en este lugar habitan los dioses, jainistas, pero dioses al fin. Son veinticuatro y se llaman *tirthankares* u hombres iluminados que guían a los otros a cruzar el río de la transmigración o encarnación. Y es precisamente uno de ellos el más conocido y el primero, llamado Adinath, a quien está dedicado este templo mágico. Entramos descalzas y observamos a un monje barriendo el suelo. ¿Limpiando karma?, ¿honrando nuestra pequeñez ante tal grandeza? Al final, me quité de dudas y pregunté a un guía rodeado de alemanes, quien nos informó que la religión jainista, o jainismo, guarda un extremo respeto por cualquier ser vivo, por lo que intenta, a través de todos los medios posibles, que nadie pueda herir a ninguno de ellos, aunque sea pisando a un insecto sin querer. Tan ortodoxos son que se cubren las bocas para no masticar involuntariamente cualquier bichito despistado que se pudiera meter en ellas. Si yo llegara a reencarnar en mosca, mosquito, araña u hormiga rastrera, pediré a Buda que me envíe de inmediato a *Ranakpur*. Tú, seguro ya no reencarnaste, ¿o sí? Asumo que te portaste demasiado bien, ¿o no, Fernando? Dímelo de una vez y confiesa tus secretos. Aquí, es un buen lugar para escucharlos y saber de una vez por todas, si bajamos la mirada para andar con cuidado. No vaya a ser que te pisemos.

Camaleón

Pasadas las tres de la tarde, comimos en un lugar muy bello entre las montañas. Estuvimos cautivadas una vez más por los ojos luminosos y mercuriosos de aquellos indios, quienes alegres nos servían platillos típicos de esta región envuelta en bugambilias chillantes. Luego de dos horas de camino, llegamos a otro fuerte, pero antes debo describirte la ruta más pintoresca hasta ahora. Un verdadero santuario de vida silvestre. Entre las ramas de los árboles, colgaban changos con cara de hombre que nos asaltaron por las ventanas; afortunadamente estaban cerradas; ¡menudo susto nos dieron!

Seguimos andando por aquel sinuoso sendero y encontramos ocultas en los arbustos otras caritas, pero estas eran de color negro con flores pintadas de naranja. ¿A qué juegas? Seguro es otra de tus travesuras. En el desierto eras viento y te esparcías en la arena mientras penetrabas nuestros sentidos y, ahora, aquí, te escondes en los árboles y vigilas nuestros pasos. Apareces en todos los lugares. Qué alivio saber que caminas junto a nosotras, que no nos abandonas, que nos cuidas y nos sorprendes como este paisaje que cambió repentinamente. Ayer desierto y hoy bosque embrujado. Cruzamos por muchos pueblos de campesinos, vimos mujeres con aros gigantes en sus narices labrando la tierra y cortando con sus hoces los trigales, unas llevaban en sus cabezas canastas de paja; otras, jarrones de agua; la mayoría cargaba niños en sus espaldas. Qué hermosas somos las mujeres, no dejo de admirar el valor del trabajo cotidiano e imparable de la mujer. Y tan poco reconocido. En los pequeños pueblos observamos muchos búfalos que ayudan a la familia a hacer los surcos para los sembradíos y además para el molino de agua, que no sé cómo se llama el artefacto ese, pero es una rueda y con los cuernos del animal van dándole la vuelta para que brote el agua como una especie de llave.

Zigzagueando el camino llegamos a lo alto, donde se alzaba orgulloso el fuerte con su muralla con un perímetro de treinta y seis kilómetros. Se construyó sobre una colina a mil metros sobre el nivel del mar; es la segunda después de la muralla china. Es como una serpiente gigantesca con bastiones y grandes y anchas rampas. Kumbhalgarh, en la Cordillera Aravalli. Subimos hasta la cúspide caminando, media hora de trepar las rampas y luego, dentro del castillo, muchas más escaleras nos esperaban. Tú no hubieras aguantado, te hubieras quedado esperándonos abajo con una gran cerveza fría. Ya te escucho cantar como Juan Gabriel: "pero qué necesidad, para qué tanto problema". Lo tuyo nunca fue el deporte, hay que decirlo con honestidad, sin agraviarte. Cada vez que subíamos y nuestras piernas no daban para más, pensábamos en lo terrible que hubiera sido para ti acompañarnos cuesta arriba de haber estado con nosotras. Pero te tengo una buena noticia: esta vez ya nada te puede doler, ningún hueso. Ya no tienes rodillas, ya no molestan. Tus articulaciones ya no necesitan hacer ningún esfuerzo. No creas que te cargamos en los hombros, sino que, por esta ocasión, te llevamos como globo amarrado a nuestras muñecas. ¡Ah, qué comodino! Otra de tus muchas personalidades camaleónicas en este viaje. Y así, contigo entre los aires, anduvimos otra media hora hasta llegar a la torre más alta. Lo admirable de este fuerte es la vista a las montañas que tú, siendo globo, estás disfrutando de lo lindo. Me imaginé al vigía controlando todo desde la mirada de un águila para evitar las invasiones bárbaras, como tú lo haces desde esas alturas divinas. Ya ni te quiero dar los nombres de los maharajás valientes, ni de las fechas de construcción para no hacerte enojar. Si te interesa, le preguntas a uno de tus ángeles, que seguro tienen una gran biblioteca celestial. Lo que sí quisiera destacar es que es el más famoso de toda la zona de Mewar, por sus anchas rampas donde caben horizontalmente hasta seis carruajes con caballos dobles, y además es el preferido de nuestro querido Bawar. Cuenta con siete entradas fortificadas y más de trescientos templos jainistas. Sus cuartos y sus palacios interiores están casi en ruinas. Sólo quedan en sus paredes restos de pinturas de luchas de elefantes con dragones o cocodrilos. Todas sus recámaras están pintadas con motivos de caza donde resaltan los grandes guerreros de la zona. Justamente estas zonas, Marwar y Mewar, se distinguen por sus maharajás, quienes nunca se dejaron invadir por los emperadores mogoles. Su casta guerrera y su trayectoria desde el año quinientos de nuestra era han perdurado hasta la fecha con la última dinastía de sus reyes en Udaipur, que siguen vivos. Al regreso del fuerte bajamos por las pequeñas aldeas con sus reservas de agua de lluvia, sus inmensos campos dorados de trigo, changos persiguiéndonos, aves exóticas trepadas en las ramas, casitas de paja, montañas secas y filosas que contrastaban con sus mujeres trabajadoras vestidas de verde-azul, naranja-rojo-rosa y grandes anillos adornando sus narices.

Arribamos a *Udaipur* ya de noche. El hotel precioso, un gran palacete blanco como si fuera de mármol. Lo primero que hicimos al entrar en la suite fue abrir las ventanas tipo morisco para dejar que la brisa cálida del lago que teníamos frente trajera sus olores y ruidos. Dejamos las maletas sobre la cama *king size* para recorrer el baño con regadera y una gran tina con botecitos de champú y *bath foam*. Cenamos en el restaurante del hotel: mesas junto al lago y toldos blancos iluminados con faroles y velas, mientras los músicos con sus violines armonizaban nuestros alimentos. Udaipur-ciudad limpia-amplia-señorial. Muy diferente a lo que hemos visto hasta ahora. Las montañas y el lago envolviendo la ciudad hacen de ella una de las más bellas de la India. Pa, esto sí que te hubiera gustado, *matarilirilerón…*

l salir del Rampratap Palace, hay que cruzar la calle para llegar al restaurante junto al lago. Esta vez gozamos de un opíparo desayuno y nos deleitamos con la hermosa vista de día. El olor del agua, el suave oleaje, nos recordaba nuestro Valle de Bravo, pero tuvimos que golpear nuestros cachetes con las manos para percatarnos de que estábamos en la India. ¿Era posible e imaginable tal cosa? Sí. ¿Sabes lo que me regresó a la realidad? ¡Una caca de vaca gigantesca! No te rías. Resbalé en ella al salir de nuestro maravilloso hotel cinco estrellas mientras me distraía un auténtico *Rajput* traído del

pasado, de ojos color esmeralda, un turbante color carmesí, un espléndido uniforme azul con cinturón azul y plata, con los bigotes más grandes jamás vistos que se enredaban en una larga barba elegantemente enrollada, que podría columpiarme en ella. Esto es lo más surrealista que he vivido. ¿Qué hacía aquel pedazo de popó en el suelo justo en ese lugar encantador suspendido en el tiempo? Por un pelo y me caigo, si no es porque mi *amigo-el-mostachón* me tomó por el brazo. Mi chancla derecha y mi dedo meñique quedaron cubiertos de aquel chocolate mal oliente. El buen Bawar-Buenísimaonda acudió a mi auxilio y, con cuidado, me descalzó para quitar aquella materia fecal. Una vez más, el olor me remontó al rancho de mi inolvidable niñez. Era como estar en casa. Repito, ese hedor a estiércol constante me mantiene segura. Huele a infancia feliz. ¿Estaré traumada con la caca? ¿Qué diría Freud? Guardo en mi memoria la pestilencia de los puercos cuando los alimentábamos, pero más vivo está el recuerdo de las cacotas endurecidas de las vacas que recogíamos con pala y que decorábamos con flores y ramas silvestres para vendérselas a ti y a mis tíos. "¡A peso, a peso los ricos pasteles!", gritábamos en coro Beca, mis primas las cuatas y yo, mientras ustedes los pagaban orgullosos en cuanto llegaban a San Agustín a reunirse con la familia los fines de semana de las vacaciones largas. Hasta la caca me recuerda a ti. *Unbelievable.*

De repente, me sentí cogida de tu brazo. Quería quedar atrapada en esos recuerdos, permanecer unida a ti y no salir de ese capullo seguro de cuando me envolvías con tu mirada. Ya no te volveré a tocar, ni tampoco jugaré con aquellos vellos rubios de tus brazos, ni siquiera podré recargarme en tu hombro cuando sienta miedo y desamparo. Nunca más bailaremos *Zorba, el griego*, en Navidad acopladas las cuatro a tu ritmo suave y lento. Nunca más te veré disfrazarte con aquellos sombreros chistosos que nos sorprendían para romper nuestra rutina. Sólo de pensarlo se me eriza la piel. Nadie nace sin la semilla de la pérdida. Es inevitable. Sin embargo, aquí mismo vibra la ley de las compensaciones, pues la vida, con todas sus tonalidades y esplendores, espera a que bajemos a nuestra siguiente parada: un gran templo, Jagdish Mandir, con arquitectura indoaria del siglo XVII, erigido sobre una terraza alta donde se une con una Manadapa, un pabellón para rituales públicos en donde se adora al dios Jagannath, que significa dios del universo, una de las muchas formas del dios Vishnú. Los ascetas o Sadhús, sentados afuera del templo, debajo de dos grandes elefantes de piedra, nos miraban sin mirar, con sus ojos vidriosos y semicerrados, con barbas largas y canosas (qué afán de no rasurarse), sus collares de flores y distintas malas, que son como los rosarios católicos, colgados de sus cuellos, la exquisita sofisticación de sus atuendos anaranjados con sus tres rayas de ceniza pintadas en la frente y el *tilak* colorado del tercer ojo. ¿Qué pensarán? ¿En qué mundo habitarán? Para llegar al santuario hay que subir treinta y dos escalones de mármol, donde encontramos la imagen de Garuda, mitad hombre y mitad pájaro, vehículo para llegar a Vishnú. Ya dentro del templo dimos vueltas y más vueltas alrededor de él mientras las mujeres cantaban canciones religiosas a la diosa Lakshmi, de la que ya te hablé al principio del viaje. Les concede riqueza y abundancia, *asegún*. Cuando terminamos de marearnos, salimos a la calle y ahí estaba otro templo piramidal donde había relieves con esculturas labradas en mármol representando diferentes estratos. Estos están relacionados con el desarrollo de la mente-conciencia. En el primero, de abajo arriba, como en el inframundo, están los monstruos del infierno, las emociones perturbadas; luego, en el segundo piso, vienen los elefantes, que significan buena suerte —como Ganesha—, la comunicación, los movimientos. Siguen los caballos, que dan fuerza y poder (guerreros); después, hay monos bailando, que representan la vida social y, hasta arriba, están los ángeles. No sabía que el hinduismo creyera en ellos como nosotros los católicos. Observamos cómo ofrecían flores amarillas a los dioses, así como alimentos (como nosotros en el día de muertos). Otra similitud, las supersticiones de los países subdesarrollados se encajan tanto en creencias primitivas, tan conectados a lo esencial de la existencia. Me parece que así es como dan sentido a sus vidas y resisten su pobreza y miseria física. Los lleva a creer que su carencia viene de voluntad divina y que por ello ganan el cielo, al igual que en todas las religiones.

Al observar a estos ascetas iluminados y mujeres fervorosas, me siento sumida en una fantasía, en un cuento de hadas. No hallo palabras para describir estas impresiones. Siento una fascinación hasta con el fanatismo desmedido de esta gente creyente e ingenua, que sigue devotamente a trescientos treinta millones de dioses y diosas en el hinduismo, según las escrituras, los *sastras,* de los *Upanishads.* Dioses, como Indra, Vishnú, Ganesha, Hanuman, Rama, Krishna y, por un dios monoteísta, Brahma. Un ser supremo y absoluto en donde esos millones de dioses son sus representaciones. Un dios o una diosa para cada uno de los diferentes fenómenos naturales que el ser humano vio ocurrir a sus alrededores desde el mundo primitivo. Me da la impresión de que esos dioses son como nuestros miles de santos, a quienes se les reza y venera. Los indios en todas sus presentaciones me tienen tomada de las entrañas, en cada rincón encontramos una nueva manifestación de esta raza. Seres simplemente maravillosos. Tan simples que son grandiosos. Es como si realmente me vieran y yo los viera, como en la película de Avatar. Reconocer en cada uno: pobres, ricos, mendigos, barrenderos, meseros, ermitaños… en todos, un pedazo de mí en ellos. Sus sonrisas desinteresadas, su bondad infinita, su nobleza de espíritu, como tú. Aquí no veo resentimiento social, aquí veo aceptación incondicional de sus vidas, de lo que les tocó vivir. No se pelean con la verdad. Y eso me hace sentir pequeña ante mi egolatría. Vayamos a donde vayamos, palacio, templo, fuerte, nos arropan a Marifer y a mí, nos jalan, nos tocan, nos ofrecen sus miradas, quieren tomarse fotos con nosotras. ¿Será que lo más bello de nosotras resuena en las almas de los indios? ¿Será que saben que somos iguales?

Salimos de aquella dimensión para acceder a otra más real: el City Palace, encajado en el lago Pichola. Es un palacio majestuoso, gigantesco y señorial. Con influencias artísticas de todos los tiempos y culturas, como la china, la inglesa, la holandesa. Es una combinación fascinante de la arquitectura militar *rajput*, en contraste con técnicas decorativas del arte mogol. Su fachada es como de un fuerte con graciosos balcones, cúpulas y torres. Es el palacio más grande y largo de Rajashtán, que cubre un área de dos hectáreas. Un complejo de varios palacios que se divide en tres partes: la primera, donde se encuentra el Museo Nacional, abierto al público, con sus patios, cuartos decorativos y la casa del ermitaño, que está en el sótano. La segunda parte, compuesta por las *shambhu niwas,* las casas de los descendientes de los maharanas. Actualmente el rey vive con su esposa e hijo heredero en este palacio. Ha sido monarca por treinta años sin tener ningún privilegio político. Marifer, desde que supo que había un heredero al trono, se ha entusiasmado y hasta está estrenando un coqueteo perceptible a leguas de distancia. ¿A poco se quedaría en estas tierras? Le gusta tanto la India que no lo dudo ni tantito. La tercera parte son hoteles lujosísimos de la cadena hotelera HHH (Heritage Historical Hotels): Fateh Prakash y Shiv Niwas, cuyo dueño es de la familia real. Paseamos por los jardines reales con sus fuentes de mármol rodeadas de elefantes esculpidos. Hojas de flor de loto y mucha flor de bugambilia, como en Cuernavaca. Vimos el jardín de las damas de honor de la reina de Udaipur, quien tenía cuarenta y ocho sirvientas a su disposición. Tú también tuviste a tus cinco damas de honor, pero la diferencia es que tú nos ayudabas a tender las camas los domingos, ayudabas a lavar los platos, nos servías cubitas los viernes, nos cerrabas el *zipper* cuando andábamos apresuradas para irnos a la fiesta, eras nuestro sirviente más ferviente y amoroso. Pero no teníamos jardín. Nosotras éramos tu jardín.

Marifer se recostó un rato en cuanto llegamos a nuestros aposentos. Se sentía bastante molesta con un afta que le salió en la muela, le causaba mucho dolor. Quién sabe qué traía. La dejé descansar. Entretanto, yo te escribí contemplando la espléndida vista desde mi ventana con un jugo de mango a mi lado. A las cuatro y quince de la tarde, el buen Bawar pasó por nosotras para llevarnos al paseo en barquita por el lago Pichola y admirar desde esa perspectiva al Gran Palacio, yacente al borde del lago con sus imponentes escalinatas y terrazas. Las fotografías que le tomé son de concurso. La luz del sol a esa hora se reflejaba en él y enaltecía su majestuosidad. En medio del lago resaltaba el Jag Mandir, otro bello palacio convertido también en hotel de gran turismo. Fue construido en 1734 como casa de verano y refugio de Shah Jahan, cuando se rebeló ante su padre, el emperador Jahangir. Fue este lugar el que lo inspiró para crear más tarde el Taj Mahal. Seguimos navegando hacia el Fateh Sagar Lake y paramos en una especie de islote donde había un hotel precioso, limpio, sin cacas de por medio y una hermosa cafetería-bar donde cada una tomó dos cervezas a tu salud.

debraye

Sin duda, este viaje es sin retorno. Una búsqueda constante para encontrarme a mí misma porque, créeme, a ratos me pierdo. Hoy no soy la que sueño que seré mañana. La rueda eterna de la impermanencia de existir. Desde lo que soy ahora tengo tiempo y destiempo para atravesar el muro macizo de tanto misterio. La muerte en un mundo es el nacimiento en el otro. Creo que ya *debrayé*. Continuamos… A las ocho y treinta minutos nos condujimos hacia la capital de Rajashtán: Jaipur. Tiempo estimado de viaje: seis horas y media. Afortunadamente, es una autopista recta y bastante más segura que las otras. Pero, ¿qué crees?, nuestro querido Bawar-Buenaonda me tiene aturdida, atosigada, atolondrada, en pocas palabras, vuelta loca: no para de hablar. Tanto *bla bla bla* durante todos los recorridos, no deja su celular ni por un segundo y se la pasa cotorreando no sé a cuántas personas en una lengua para mí desconocida. Creo que ya abusó de la confianza. En vez de ser melodía para nuestros oídos, se ha convertido en un ruido fastidioso que, sumado a los pitidos constantes de los coches en las carreteras, me está enloqueciendo poco a poco. Quiero gritarle "cállate, Bawar, no estás siendo en estos momentos *tanbuenaonda*", pero cuando me mira de reojo volteando hacia la parte de atrás, donde yo, literalmente, habito, se me quitan las ganas y no me queda otra que responderle con una sonrisa. No se puede uno enojar con él por nada del mundo. Igualmente nos pasaba contigo. Simplemente, imposible. Más bien, nos ganaba la risa. Tú tampoco nos podías regañar, era una incapacidad natural en ti. No puedo olvidar aquella ocasión en que llegué a las tres de la mañana, inconcebible para las reglas de la casa. Sin embargo, como yo ya estaba comprometida con Rodrigo, di por hecho que lo iban a pasar por alto y se iban a dormir sin esperarme. No fue así. Subí sigilosamente los escalones que, en ese momento, con la condición etílica en la que me encontraba pensé que estaba subiendo el Monte Everest. En el último peldaño, mi madre apareció como si fuera una epifanía, una revelación misteriosa y casi religiosa, pero no como una santa virginal sino como un demonio a punto de asesinarme. Cuál fue mi conmoción y sorpresa al verla ahí parada con sus manos puestas en la cadera, que me vomité en sus pies. Tú no pudiste mantenerte enojado y, en vez de ello, te carcajeaste. Obviamente mi mamá te puso como lazo de cochino, bajaste rápidamente a la cocina con cara de *ya la regué* y me trajiste un café cargado para compensar tu atrevimiento. Mi mami bien encabritada se fue a dormir y yo me quedé contigo, muertos de risa hasta que el sueño nos venció. Ay, papi, eras tremendo. Invariablemente, nuestro cómplice. Esa actitud complaciente y generosa con nuestras debilidades humanas nos hizo a todas tus hijas más reales.

Por fin dejó el celular. Uy, ¡qué alivio! Volvió a ser Bawar-Buenaonda. Marifer, por el contrario, ni cuenta se ha dado de mi incomodidad. Seguro ese murmullo la lleva a otro mundo mientras duerme con sus audífonos puestos en la parte delantera. Ahora sí puedo regresar a esa paz de concentrarme en mi lectura. No hay otra cosa más maravillosa que el presente y esa sublime sensación de viajar en silencio para seguir con mi *debraye*. Llegamos por la tarde al Kandela Haveli, de los Heritage Boutiques Hotels. Cama *king size* con cabecera tallada de madera, dos sillones amplios al fondo recargados en los vitrales de colores sumidos en cortinas de seda amarilla, baño amplio con tina, televisión de plasma y controles, alberca y una enorme terraza donde gocé de un refrescante *vodka tonic* (lo siento, papi, te pinté el cuerno con vodka). A lo lejos, admiraba la espectacular vista de esta ciudad pintada de rosa.

A las cinco de la tarde salimos a conocer otro templo hindú que adora a Birla, diosa del dinero. En este sí que le echamos devoción de la buena para que no nos faltaran rupias. Con la bendición de la diosa pasamos al cajero, comprobando el efecto inmediato a nuestras súplicas. Y ya bien contentas con *harta lana* en los bolsillos, paseamos por la ciudad por sus grandes avenidas, edificios gubernamentales, canchas de polo, campos de golf: una hermosa ciudad occidentalizada pese a la suciedad típica de la India. El bullicio de los indios tirados en las calles y algunos niños desnudos contrastaban con los grandes monumentos de la capital. Una exaltación a nuestros sentidos, más bien a la vista, porque todo este *city tour* lo hicimos en auto y pudimos disfrutar de un descanso merecido a nuestras narices hastiadas de tantos olores. Después de media hora, llegamos a un barrio lujoso. Bawar-Elmásbuenísimaondaquenunca tenía una sorpresa para nosotras, las bien portadas viajeras: un masaje ayurvédico en una casa particular, en la que mujeres hermosas conocían muy bien este ancestral placer venido de la región sureña hindú, llamada Kerala. Durante hora y media sentimos el aceite caliente recorrer nuestros cuerpos con el inigualable aroma de Lavanda (se volvió a activar mi nariz) y otras esencias curativas deleitándonos. Las manos de esa mujer se hundían en mi piel como una caricia divina, transformaba mi cuerpo en terciopelo. Sus dedos suaves crearon un nido dentro de mi corazón. Justo cuando tocaba mi pecho, solté un gran suspiro: llegaban pensamientos y recuerdos al instante, los lanzaba al viento como esos papalotes que vuelan alto; me asaltaban emociones desconocidas y las espantaba, como cuando el fuego avienta sus chispas a la inmensidad. Quedé sumida en un vacío casi fértil, como si la eternidad me colmara. Imagino que allá arriba así te sientes, porque con este masaje pude compartir un pedazo de tu cielo con el consuelo de saberte liberado y feliz. Entre incienso, velas y aromas, también supe abandonarme a la deriva de Dios.

Llegamos al hotel ya pasadas las ocho de la tarde-noche. No obstante, había luz de día todavía y una sensación térmica cálida, casi tropical. En la gran terraza nos esperaban Raju y su amigo Davendra con unas cervezas bien frías. ¿Quién les habrá ido con el chisme de que nos encantaban las *cheves*? Raju es el dueño de la agencia de viajes con quien contacté desde México cuando busqué por internet una agencia local en la India. Un hombre de mundo, culto, sereno, con ojos negros, grandes y brillantes con una mirada penetrante, sabia y confiable. Llevaba jeans puestos, sandalias de piel y una camisa impecablemente blanca de algodón. Su cuerpo altísimo, esbelto, vigoroso y recio. Su tez cobriza contrasta con la blancura de sus dientes frescos y limpios. Sonríe con

dulzura. Es tranquilo y pausado cuando se presenta ante nosotras. Un perfecto caballero de modales impecables. Los
cuatro pasamos una velada muy a gusto, nos contagiamos
de una alegría recién ganada con el masaje tomado. Me sentía rejuvenecida, poderosa, feliz. Conversamos de los dioses
hindúes, de la poesía erótica y del kamasutra. Su amigo fue
quien no dejó de coquetearme, prometía llevarme al fin del
mundo. Le comenté irónicamente que ya había estado en la
eternidad justo una hora antes y que no me apetecía regresar
por ahora, y mucho menos con él. Divandra es un hombre
apuesto con una barba bien arreglada, con ojos en forma de
almendra color miel, altivo sin ser distante, con una actitud
seductora e interesante, la cual mi hijita percibió al instante
y se puso celosa, como si de esa manera cuidara el honor de
su papito adorado. Afortunadamente no hubo peligro alguno. Padre mío, ¿por qué entre tus defectos, heredamos tu
intachable fidelidad? Ah, qué mal ejemplo. Somos mujeres
de un solo hombre ¡Qué lata! Al cabo de dos horas presumiendo las competencias y talentos de mi hija, ella había
asegurado un trabajo en la agencia de viajes y alojamiento
con la familia de Raju. Al finalizar nuestro viaje mami-hija,
ella regresaría a Jaipur a gozar de esta gran oportunidad que
le concedía la vida. Conocería de cerca la cultura, la cocina,
la familia y la rutina de los indios. Después de cenar pollo
tikka con arroz, invitadas y agasajadas por nuestros anfitriones, dormimos como ángeles sobre almohadas de plumas
de ganso y un colchón apapachador mientras perseguíamos
quimeras entre sueño y sueño.

मेन्साजे

na inspiración súbita me despertó a las cuatro de la mañana. Eras tú. Ahí estabas. No te veía, pero te escuchaba muy adentro. Me pediste un favor:

Voy a tomar unos minutos de tu sueño para dictarte unas palabras. Tú las escribirás por mí y, a cambio, te dejaré dormir profundamente después de cumplir mi propósito.

De pronto, como por obra de magia, la pluma se movió sobre mi diario de viaje. A través de mis dedos enviabas un mensaje a mi madre.

Fue un domingo como hoy, siendo apenas las once de la mañana, que partí, según ustedes, a otro mundo. Para ti y para mis adoradas cuatro hijas pasé a mejor vida. Ciertamente me morí, pero no del todo. Sólo mi cuerpo se endureció, mi sangre dejó de circular por mis venas, los latidos de mi corazón se detuvieron y mi aliento se esfumó. Pero, y mi espíritu, *¿a dónde se había ido?* En ese momento sentí que el misterio rasgaba una cortina etérea y oscura. *¿Dónde estaba?* Caí en tus brazos mientras el agua de la regadera corría sobre nuestros cuerpos desnudos. Fue como un desmayo y tú me sostuviste para no rebotar y pegarme sobre el suelo con mi cabeza. Al instante, con asombro, observé cómo mi espíritu salía de esa piel que me sostuvo ochenta y dos años. Flotaba sobre ti. Miré hacia abajo, donde reposaba un hombre apagado y salpicado de agua. Ese era yo. ¡No lo podía creer! De rodillas implorabas: "no te vayas, quédate, Fernando, déjate de bromas". Tomabas mis manos inertes, acariciabas mi cabello mojado con una mano y mantenías abiertos mis párpados con la otra. No soporté ver tu mirada que no quería despedirse de mí. No podía aún decirte adiós. Sabía que tarde o temprano tendría que partir. No ahora. Entonces, ¿cuándo?, ¿de quién o de qué dependía? Sólo noté que me sentía más vivo que en los últimos años. Ahora ya no había dolor, la densidad desaparecía de mis huesos. Ya no pesaban. Estaba ligero, me movía sutilmente como si fuera una medusa nadando entre las corrientes profundas del mar. Había una paz y serenidad nunca antes soñadas. En ese momento supe que me quedaría un tiempo más contigo.

Ya han pasado desde entonces trece días para ti. Para mí, sigue siendo sólo un día largo y sin descanso. No logro saber si es de noche o de día. El reloj no tiene manecillas. Mi invisibilidad me divierte a ratos. Soy como una esfera que rueda de una habitación a otra sin que tú me veas, ni siquiera puedes olerme. Soy un huésped abstracto, sin forma, atrapado en un umbral callado y silencioso. Me escabullo entre tus sábanas, te susurro al oído. Si al menos pudieras escucharme, alma mía, te contaría cómo es mi día en esta vida sublime en la que me encuentro sumido. Te confesaría que en cuanto tú amaneces, yo estoy a tu lado tocándote con mi mirada más alerta que nunca. Vigilándote, siguiendo cada uno de tus pasos. He intentado desde hace algunos días hacerme presente, tratando con todas mis fuerzas de hundir la cama para que sientas que estoy a tu lado. Te grito para que no llores más. Estoy cuidando de ti desde este mundo total. Me meto en tus sueños para que me veas y sepas que de esa manera despertarás sintiendo mi amor. Pero todo intento es en vano. Tú sigues a duras penas con tus tareas cotidianas haciéndote la fuerte. Yo te acompaño mientras guisas la sopa y lavas las sábanas. Me subo a tu auto para recorrer contigo las largas avenidas hasta llegar a casa. Tejo contigo puntada con puntada, te miro agotada cuando por las noches te abandonas a tus rezos. Tu soledad me conmueve. Sin embargo, sé que intuyes mi presencia. Sabes que estoy contigo, que no estás sola. ¿No es así? Deseo que escuches la melodía romántica que tantas noches bailamos abrazados junto al mar. Subiré el volumen tan alto que tu corazón lo sentirá. Sé que resonará en lo más profundo de tu alma. Hoy, en el ocaso, me acurrucaré al lado tuyo en esa misma cama que me sostuvo al morir hasta quedarme dormido, eternamente dormido. No hay final, la luz de nuestro amor siempre nos acompañará.

vitamina f

ormí mejor que nunca. Esas tres horas se convirtieron en quince. Desperté repuesta, como si me hubieses inyectado una vez más de tu vitamina F. Tus palabras, papito, han sido una probadita de lo que nos espera cuando muramos, si es que morimos. ¿Realmente morimos? No lo creo. Teniéndote como testigo de lo que escucho de ti, me quedo con la certidumbre de que la muerte es solo un gran paso a otra realidad más sublime, más total, donde ya no pesamos ni cargamos dolor. Sólo habita el amor. El amor eterno. Ese tu buen amor abastecido con aquellas pastillas de la vitamina F, de la feli-

cidad, que nos hacías saborear cada mañana al verte amar a mi madre. Mi casa interna está llena de memoria viva: miradas de borrego a medio morir que le ofrecías cuando llegaba exhausta de la pastelería, cómo acariciabas sus dedos y sus largas uñas pintadas de rojo cada vez que ella dejaba sus manos sueltas, tus mensajes de cariño escritos en servilletas usadas, papel higiénico o notas inservibles que pegabas con cinta adhesiva en cualquier parte de la casa. Su amor quedó indeleble y me concedió la certeza de que la magia existe. Me invitaron a descubrir las cualidades más profundamente misteriosas y alquímicas del amor. Hasta pena ajena sentía al verlos acaramelados y atentos el uno con el otro, tan cursis a través del tiempo, como si este no existiera. Fueron templo de esperanzas para nosotras cuatro, crearon universos emocionales para adornar nuestros días con sustancia y solidez ineludibles. Y hoy veo cómo la vida sigue sin ti, un día confluye con el otro... y vamos desdibujándonos, pero sin desaparecer. Ese ir y venir de la vida es el caudal de todo lo que soy ahora, sin saber cuánto durará. Por lo pronto, como dijo Mario Benedetti: "salgamos a la calle a defender la alegría como una trinchera". O, dicho de otra forma más sofisticada: *carpe diem*.

Ya para las ocho estábamos en la calle tomando el día, aprovechando cada segundo. Recogimos al guía que habla español a tres cuadras del Khandela Haveli. Un muchacho bastante avispado que, curiosamente, vive temporalmente en México y que vino a Jaipur a surtirse de productos indios para la tienda que tiene con su primo en la calle 16 de septiembre, en el centro de nuestra ciudad, a quien prometimos visitar a nuestro regreso. Pasamos por el Hawa Mahal, sus casas pintadas de un rosa-naranja, con arquitectura barroca en forma de triángulo equilátero. Lo llaman Palacio de los Vientos, erigido en 1799, es un icono de la ciudad con su color rosado y sus laboriosos relieves ornamentados. Proyecta trescientas sesenta y cinco ventanas y balcones distribuidos en cinco pisos de forma piramidal. Sus paredes no pasan de veinte centímetros de espesor. Su estructura fue diseñada para enaltecer a sus mujeres veladas del Harem y que ellas pudiesen observar las escenas vívidas del exterior. Toda la ciudad de Jaipur está amurallada también, como las muchas que hemos visitado. En ella se encuentran ocho puertas principales por donde se entra al casco antiguo. De las calles rosadas nos dirigimos al Amber Fort, un fuerte enorme que, como todos, lo coronaban sus murallas a lo alto teniendo como fondo las montañas Aravelli. El calor sigue insoportable y aun así subimos la cuesta empinada a este turístico y espectacular palacio-castillo-fuerte con su citadela que recuerda a los castillos medievales del siglo XI. El plan inicial era subir por el gran camino montando elefantes decorados al modo hindú y ser fotografiadas como modelos de folletos turísticos, pero justo ese día había procesión religiosa. No nos dieron el servicio prometido. *"Whaaatttt?"*, le grité a Bawar-Notanbuenaonda. *"Are you telling us that our dream has been canceled?"* Casi nos da el infarto, pues realmente teníamos muchísima ilusión de gozar de una de las atracciones más esperadas del viaje. O sea, ahora resulta que por sus fiestas religiosas nos cancelan. "En mi país esto no pasa", le susurré irónicamente entre dientes, por supuesto no entendió ni una palabra. Resaltaba a leguas mi incomodidad y enojo, y cabe destacar que fue Marifer quien en ese momento me tranquilizó: "Mamá, no te hagas la muy civilizada, porque no te queda". ¿Quién lo diría? Ahora ella me regañaba a mí. Caí todavía más en cuenta del parecido de los indios con los mexicanos. Por supuesto no estábamos en Alemania ni en gringolandia. El relativismo sin igual en todos los ámbitos de nuestra sociedad impuntual, improvisada, impersonal y valemadrista era exactamente lo mismo que la de India. Todo es relativo. Llegamos tarde a las citas, cometemos infracciones al ritmo del segundero, tiramos la basura afuera de los basureros, dejamos plantados compromisos con la mano en la cintura, nos ingeniamos para mentir y salir librados, y anteponemos fiestas religiosas, cívicas o de cualquier especie para no responsabilizarnos de nuestros acuerdos. Estamos tan acostumbrados a ello que ya es parte de la cultura y ni pena nos da. Anteponemos el desmadre a las obligaciones... bla, bla, bla. Ya ves, papi, aquí también se cuecen habas, aquí también te dan gato por liebre. Eso sí que tú no lo tolerarías. Eras tan dedicado a tus deberes, tan responsable, *tan* pero *tan* pero *tan* impecablemente puntual. En cualquier evento o cita que tuvieras eras siempre el primero en llegar, por más ganas que le echabas para no serlo.

Después del agravio cometido, no nos quedó más remedio que subir a pata aquella rampa inmensamente inclinada acompañadas por una invitada especial: la decepción. Pero la justa dimensión de las cosas nos hizo justicia divina: la visita adentro del palacio fue inefable. El palacio es una auténtica joya del arte indomogol. No puedo comprender cómo el hombre ha podido imprimir tanta belleza a sus obras. Es inaudita tanta perfección reflejada en las largas horas dedicadas a enaltecer los espacios para el bienestar de sus gobernantes o para alabar a sus dioses en sus templos. Lo primero que nos impactó fue un gran *hall* donde se concertaban las audiencias privadas de los *maharajás,* laqueadas con motivos florales y sus techos labrados exquisitamente con alabastro, el llamado Jas Mandir. Pero, lo que realmente nos dejó perplejas, fue el Sheesh Mahal, donde anteriormente el maharajá se sentaba con sus dos esposas y sus cuarenta y cinco concubinas en un cuarto repleto de miles de espejitos. La ceremonia transcurría en la más absoluta normalidad, en una sala cuyas paredes estaban decoradas con trocitos de espejos que formaban figuras con flores. En ese momento que entrábamos, no había ni concubinas, ni maharajás, pero sí pudimos sumergirnos de día en la magia de aquel lugar al prender una vela. De repente, nos adentramos a una fascinante galaxia estrellada. Revoloteaban aquellas luces por nuestro cuerpo. Si así era a plena luz del sol, ni imaginar cómo se vería de noche. La luz de las velas colocadas en pequeños altarcitos empotrados donde se reflejaban otros miles de espejitos centelleantes. Ya ni qué decirte de la arquitectura islámica y los jardines cuadrangulares perfectos y los grandiosos apartamentos privados para las mujeres. Todo bello y lo que le sigue. Al salir del palacio, bajamos de nuevo la gran cuesta para llegar al estacionamiento donde Bawar-Notanbuenaonda se volvió otra vez *el másbuenaonda,* ya que nos preparó otra sorpresa después de la regañiza que le tocó. Nos llevó a las afueras de la citadela, donde había contratado un paseo para montar un elefante y poder hacer realidad la encomienda no satisfecha del *tour.* LLegamos a la calle donde nos esperaba el dichoso animal. Tuvimos dificultad en treparnos a la canastilla descolorida de fierro ubicada en su lomo. Su piel estaba maltratada. Pude sentir la aspereza de sus pelos gruesos y agarrarme como podía para no caer. Había perdido la noción de la enormidad y grandeza de estos paquidermos. El indio que llevaba las riendas se sentó sobre el cuello ancho y arrugado del elefante que, cubierto con una tela roja con rayas amarillas y negras imitaba a un monarca medieval. Tanto sus orejas con puntos negros como la trompa que colgaba hasta el piso estaban pintadas a mano con flores de pétalos grandes de color rosa mexicano, amarillo, morado y verde. Al pobre animal con ojos pispiretos y pestañas de aguacero le faltaba porte, se notaba que apenas lo alimentaban con paja sobrante. Casi lloro al verlo tan debilucho, no obstante, su fuerza vital estaba intocable, ya que con vergüenza constaté su manera de orinar y el chorro que lanzaba como manguera de bombero. Andaba con parsimonia por aquella calle maloliente a caca y orines de elefantes donde nos paseaba, todavía más penetrante que el de las vacas. Si supiera que desprendía un olor a jerga sin enjuagar, no hubiese permitido ser montado por unas bellas damas de sociedad. Porque lo que tiene un mamífero como este es dignidad y elegancia. Fueron sólo cinco minutos de paseo, suficientes para no disfrutarlo. Más bien, sentimos congoja y mucha lástima al verlo sometido al descuido y utilizado para hacer felices a dos extranjeras que no valoraron su empeño paquidermil. Sin embargo, al bajarnos con dificultad de ese esclavo triste y obediente, nos esperaba la sonrisa radiante de Bawar-Buenaonda, satisfecho de haber hecho realidad nuestro gran anhelo. Si supiera…

ट्ठणछंट

asamos por el City Palace, en el centro de Jaipur, donde aún viven la hija, la reina y el último heredero de los maharajás, quien no tuvo hijos varones y creía que una maldición se encarnecía en ellos. Cosa contraria en ti, que presumías que era una bendición el nacimiento de tanta mujer en tu hogar. Aunque, confieso que, para muchos de tus compadres, eras de aquellos hombres que tenían mala suerte por no haber concebido un heredero varón, quien, en ese caso, hubiera sido Fernando V (*El Quinto*). Perdón, papito, por haber interrumpido el linaje masculino de la familia. Te lo cebé.

Auch. Yo estaba destinada a ser "el tercero es el vencido" cuando me vistieron de color azul creyendo vendría ese quinto Fernando. Y, ¡sorpresa, otra vieja! Cuántos chistes tuviste que aguantar alrededor de ese tema. Recuerdo uno que contaba mi tío Enrique, al advertirte que no compraras un auto modelo LeBaron, porque seguro te iba a salir maricón. Literal, estabas rodeado de puras féminas: perra, gata, cuatro hijas, dos sirvientas y una esposa que valía por las cuarenta y cinco concubinas de los maharajás. No puedes quejarte, que tenías un harem para ti solito. Lo único que te salvaba era tu vochito azul, chiquito, pero bien varonil. Por esa misma razón, cuando llegaban los novios a visitarnos, te adherías a ellos cual molusco. Los hacías tus cómplices de inmediato. Los entretenías platicándoles tus aventuras de juventud, los sentabas en la sala a escuchar las últimas canciones de Cuco Sánchez, o sacabas del mueble debajo de la escalera los discos de acetato de tus jazzistas preferidos. Organizabas incluso salidas al boliche todos los jueves para sentirte acompañado por ellos. Los engatusabas con tu encanto, tanto, que preferían quedarse contigo platicando que invitarnos al cine. ¡Cómo te querían! Estoy convencida de que ese espacio con varones te hizo "sobrevivir" mucho tiempo al lado de nosotras.

Llegamos al creativo observatorio astronómico, llamado Jantar Mantar, bañadas en sudor con un calor que rebasaba los cuarenta grados. Es el mejor conservado de los cinco observatorios que hay en la India. Todos ellos construidos por Sawai Jai Singh II, un hombre estudioso de la astronomía, inspirado en el trabajo de Mirza Ulugh Beg, rey astrólogo de Smarkand. Tiene dieciséis instrumentos con un concepto único, pues es como si te adentraras a una escultura gigante de composición modernista. Cada signo zodiacal es una figura monumental. Este observatorio lo usan en la actualidad para calcular el *forecast* del clima, el advenimiento de terremotos, las futuras buenas o malas cosechas, con sólo observar el viento, y además saben con exactitud el tiempo real de India (media hora más tarde de lo habitual), sus latitudes, la posición de los planetas y estrellas a cualquier hora del día. Tanto misticismo es inasequible; tanto que explorar y comprender en esta cultura llena de espiritualidad y metafísica que a veces mi razón está demasiado impregnada de materialismo, y eso que me siento yogui. Es un concepto tan novedoso e ingenioso, y sobre todo divertido, de los que te gustan a ti, a no ser porque nos derretíamos y tú sí que no soportabas el sol. Te salían ámpulas por toda tu blanca piel de príncipe, te ponías rojito rojito, por lo que teníamos que untarte leche de magnesia. Te carcajeabas al sentir el frescor y al no poder moverte por el ardor. Esas risas me llegan ahora y refrescan mis sentidos. Todo el día estuvimos pegajosas y, con todo y todo, paseamos por las calles colmadas de bazares que, por supuesto, una vez más nos sedujeron para seguir comprando más madres: mascadas de gasa tipo seda vaporosas de colores chillantes muy diferentes a todo lo que habíamos visto antes, y que indudablemente llevaríamos a México para regalar. No sé qué haremos con tantas, pero estaban tan baratas y originales que ni modo de no comprarlas. Hay tantísimos artículos, joyería, textiles, bolsas, que espero que en algún momento del viaje se haga el milagro y me lleguen a empalagar para dejar de ser su rehén. En una de las cooperativas compré un anillo de plata con tres piedras de ópalo amarillo. Me costó 1750 rupias, es decir, 40 dólares que, para los estándares de India, es carísimo. Siempre caigo. Tengo un grave problema, no sé decir "no". Aún no entiendo por qué me siento obligada a comprar si no voy a volver a ver a esta gente nunca más. Es como ser asaltada a mano armada, pero aquí es asalto a mano india y, cada vez que veo el anillo, lamo mis heridas por la humillación sufrida pues, sin la menor resistencia posible, me dejé robar. Saliendo de aquel lugar, Marifer hizo un tremendo berrinche de nueva cuenta con el guía local. Algo le pasa con ellos, no les tiene paciencia y la mía con ella se está agotando. Le ordenó llevarnos de inmediato al hotel porque ya no estaba dispuesta a visitar más tiendas obligadas ni templos fantoches: "Ya no más por hoy, mamá, te lo pido". Como tú, heredó lo intolerante, lo impaciente y lo desesperado. Algún defecto tenías que tener. A esa orden, no había ni cómo resistirme, por lo que obedecí a la niña. Llegamos al hotel; ella, al cuarto a conectarse a internet, y yo, con la intensidad que me distingue, subí a tomar una siesta en el camastro del área de la alberca para no perder ni un rayo de sol. A las siete de la tarde pasó por nosotras

Bawar-Buenaonda para llevarnos a otro masaje ayurvédico, a ver si así se relajaba la escuincla. Te cuento que tu nieta preciosa, literalmente, escapó de México, tenía ganas de librarse de los convencionalismos sociales, pero, sobre todo, de una decepción amorosa insoportable que había sufrido unos meses antes. Nunca te enteraste y fue mejor. Todos nuestros problemas te afectaban en demasía, y más aún si algún mequetrefe alteraba el orden emocional a una de tus hijas o nietas. Deseaba viajar sola con la esperanza de saberse a sí misma. La veo y no me creo que a tan corta edad haya sido capaz de llegar tan lejos. Apenas tiene veintiún años y su mérito es que haya conseguido hacer este viaje gracias a su empeño de trabajar hasta los domingos durante dos años en Apple Store como una empleada común y corriente. Mucho fue el aprendizaje de disciplinarse, responsabilizarse y tragarse el orgullo para no mandar a volar a clientes pedantes. Sin embargo, a todo ello, déjame decirte, se le ha sumado a su mal humor un gran enojo. Y es contigo. Lo ha disimulado recordándote con cariño en cada señal que nos envías. Pero, cuando puede, lanza lágrimas de frustración y me reclama: "cómo es posible que se haya ido sin antes despedirse de mí." Me dice que te lo advirtió la última vez en Ixtapa, cuando en aquel fin de año nos reunimos toda la familia en la vacación y perdiste el famoso peine. "Me esperas, Tata, a que llegue, ni se te ocurra darme una sorpresita, pues no te lo perdonaría". Se enteró de tu muerte por mí. Tuve que llamarle para evitar que la noticia la sorprendiera viendo su Facebook; de por sí estaba desolada porque acababa de dejar a sus niños del orfanato de Bangalore... Estaba cruzando las montañas cuando entró mi llamada al celular del Jr. Dwarakanath, el patrocinador de la fundación. Si no se desmayó como yo, fue porque estaba sentada. Me cuenta que el grito que lanzó fue tan sonoro que espantó al conductor, quien frenó de imprevisto casi ocasionando un accidente. Durante todo el camino, hasta llegar al aeropuerto de Delhi, no dejó de llorar. ¡Ay, padre, cómo nos cimbró tu huida de este mundo! Fue tan repentino que nos atravesaste el corazón con una lanza de dolor de acero. Algo de nosotras murió contigo. Asumo que esos abruptos de mi hija son señal de que sigue enojada contigo. Es que ni "agua va" dijiste. Ya siento que llegó el enojo también a mí. Buenas noches, padre. Hoy ni te atrevas a aparecerte en mis sueños, porque no voy a hacerte caso.

reinas

No he querido pensar en ningún problema de México. Confieso que a la única que extraño horrores es a mi Reni. La renacuajo, como tú la llamabas. ¿Te acuerdas cómo la hacías enfadar en *Colle di Val del Elsa* cuando la nombrabas de ese modo? "Ya, Tata, deja de molestarme". En ese entonces tenía cuatro años. Hoy tiene doce y ya es toda una señorita preciosa. Ella también disfrutó de tu sublime oficio de vivir con alegría. Tuvo el privilegio de ser contagiada por lo inagotable de tu entusiasmo y de tus bromas y, sobre todo, del tesoro que albergabas en tu costado izquierdo. Cuántas veces la tomaste de la mano en aquellas calles empedradas de la Toscana y caminaban al mismo ritmo, a paso lento y apacible, como dos niños eternos. Porque eso fuiste: un niño juguetón con una chispa inocente, con tu espíritu mágico crisolado de luz y colorido. ¿Estás notando que te estoy alzando el castigo?

¡Uy, qué emoción! Nos acercamos cada vez más a la ciudad de Agra, donde visitaremos el Taj Mahal. Pero antes de llegar, pasamos al templo adorador de Hanumam, el dios chango, a quien adoran por su poder físico y coraje. Jamás hubiera pensado en esas cualidades. Para mí los monos son traviesos, desordenados e inestables. Una marabunta de ellos con pompas rosadas vigilaba el entorno mientras otros jugaban dentro de las rocas de las montañas que rodeaban aquel paisaje inhóspito y, de esa manera, resguardaban el templo. Este lugar encantado se llama Tanque Sagrado de Galta. Consta de varios templos y estanques sagrados de agua. El complejo cuenta con una serie de pabellones con techos redondeados y columnas esculpidas. Se sitúa alrededor de un manantial natural y las cascadas crean dos piscinas escalonadas que se utilizan para el baño de los peregrinos, ya que creen que el agua tiene poderes curativos. En sus paredes y techos tienen frescos que aún se conservan y hacen de este templo una belleza inigualable, tanto por su atractivo natural como por el arte impregnado en esos grabados. Subíamos al templo que tiene forma de mono esculpido en la piedra cuando, de pronto, un simpático *sadhú* nos rezó una plegaria para engancharnos, sin darnos cuenta, una pulserita a nuestras dóciles muñecas. Resultaba bastante claro que nada en la India es gratuito. Todo se remediaba con un módico donativo. ¡Hasta las sonrisas las cobran, caray! Le hicimos saber que no teníamos cambio, pero él sí que tenía, así que no hubo manera de no pagarle el dichoso regalo misericordioso. ¿Qué hubieras hecho tú, pa? Seguro te hubieras *volado* una de las pulseras, como lo hacías con los perfumes de los baños de los aviones o los pins y plumas que dizque te regalaban de cada lugar que visitábamos. Esas, tus fechorías, hubiesen concordado perfectamente con las de aquellos monos juguetones.

Seguimos como siempre nuestro trayecto y paramos en el famoso fuerte Fatehpur Sikri donde entramos a su mezquita muy parecida a la de Delhi. La piedra es roja como la roca local de sus montañas. Lo impresionante de este conjunto de edificaciones son las puertas con sus anchas escalinatas e incrustaciones de piedras semipreciosas, como el ónix, la turquesa, la malaquita y el lapislázuli. Su arquitectura es una síntesis de los estilos hindú e islámico. Esta era la ciudad del gran emperador mogol, Akbar, antes de que se acabara el agua y se mudaran al fuerte de Agra, al costado del Taj Majal. En medio del patio de la mezquita está la tumba abierta del santo sufí, un ermitaño místico llamado Sheikh Salim Chishti, amigo entrañable de Akbar, famoso por potenciar la tolerancia entre religiones y conciliar las diferencias creando una nueva religión sincrética que incorporaba tanto nociones del islam como del hinduismo. Lo maravilloso es el contraste del rojo de la ciudad con el blanco marmolado del templo que se encuentra en medio del patio de la mezquita como si fuera una flor en un desierto. En ella resplandecen sus preciosas celosías con motivos florales y sus paredes decoradas con concha nácar. Me imagino que así será, pero en grande, el Taj Mahal. Cuento las horas por conocerlo.

Llegamos por fin a Agra, en el estado de Uttar Pradesh. No contemplaba que estuviera tan contaminada y tan llena de gente. Un sinfín de bicicletas, tuk tuks y motos enardecían el ambiente. Inconcebible que justamente aquí, donde se encuentra una de las maravillas del mundo, sus calles estén sucias, atiborradas de anuncios publicitarios y fotos gigantescas dedicadas a candidatos políticos. Una ciudad gris y opaca, harto espantosa. Pero en eso, paradójicamente radica su encanto. ¿Será? Quizá mi mente sea sumamente positiva y siempre vea el lado luminoso de las cosas. Nos adentramos a la gran avenida donde estaban los hoteles, pero cuando llegamos al nuestro, quedamos pasmadas ante su grandiosidad y lujo exorbitantes: el Wyndham Grand Hotel. Un palacio para reinas. El de Udaipur era niño de pecho comparado con este. Nos recibió una mujer de treinta años, morena de pelo negro suelto, los ojos hondos y líquidos aún más cálidos que los que me han mirado en este viaje, sus labios gruesos y bien dibujados, las fosas de la nariz anchas, como hechas para respirar profundamente, el cuerpo pleno y sus manos elocuentes. Vestida en sari de algodón azul oscuro. Nos recibió con una fina sonrisa —espero que no nos la cobre— y una voz apacible que nos infundía paz y serenidad después de haber atravesado aquella ciudad caótica. Su presencia fue un bálsamo a nuestra inquietud. Llevaba en sus manos dos vasos con jugo de jazmín bastante perfumados que nos dio a beber como un elixir prohibido. Ese lugar era como entrar a una burbuja y fecundarla con arcoíris vivientes. Nos condujo a los jardines impecablemente adornados con flores exóticas donde pudimos tomar con toda calma aquella pócima para transportarnos a un verdadero oasis. La tarde era nuestra, libre de mausoleos, templos de changos, mezquitas mogoles, palacios y fuertes. Al entrar a nuestro cuarto, brincamos como niñas en las camas y jugamos a los típicos almohadazos. Nos sentimos protegidas del bullicio, de la suciedad que imperaba en toda la India, como si pidiéramos un deseo de absoluta libertad y este se hubiera cumplido. Nos apresuramos para cambiarnos a traje de baño y bajar a la gran alberca. Ahí descansamos en unas tumbonas en forma de casita resguardándonos del escándalo repentino de unos niños australianos que llegaron al poco rato de estar ahí. La paz se acabó y preferimos regresar a nuestra gran habitación a disfrutar un baño bien ganado. Nos pusimos las batas blancas y pulcras mientras esperábamos que la tina de mármol se llenara. Tenía las mismas incrustaciones de ónix con piedra verde y roja que la tumba del sufí. ¡Qué delicia es la delicia, qué bello es lo bello!

Pedimos *room service* con una botella de vino incluida, cenamos un espléndido *club sándwich* con papas fritas. Después, con la barriga contenta, decidimos ensayar a ser unas reinas. Sacamos de la maleta los saris de sedas de seis metros de largo por uno y medio de ancho cada uno. El de Marifer, color azul-verde turquesa. El mío, color rojo amapola con enormes rosas bordadas de oro y plata rematado por una cenefa de plata. Lo palpé con los dedos como si acariciara el rostro de Reni. ¡Cuánto la extraño! Estaría fascinada disfrutando cómo su hermana me disfrazaba de reina india. Primero, envolvió mi cuerpo poco a poco con dos vueltas y, a la tercera, con sus dedos virtuosos me hizo muchos pliegues que colocó delante en forma de abanico. A la tela sobrante le dio una vuelta más sobre mi espalda y la pasó debajo de mi brazo, la cruzó por delante cubriéndome la cabeza como un velo, de tal manera que pudiera moverme sin que se cayera. Hice lo propio con ella hasta quedar vestidas y adornadas como unas auténticas mujeres indias. Con aquel atuendo, sentadas en los grandes sillones de la habitación, platicamos de los abuelos y bisabuelos, de nuestra ascendencia materna y paterna. Le conté un poco acerca de la familia de su papá, de sus orígenes, de lo complicado que fue su niñez y el mérito de haber logrado tanto éxito y abundancia en su vida. Me escuchaba atenta y de pronto me interrumpió para declarar que tenía muchas ganas de encontrar a un hombre que la amara como él me amaba, pero aún más afín a ti, papi, cuya adoración cultivaste para mi mamá. El ejemplo que ambos sembraron en la familia es un lujo bendito y llegar a su nivel será todo un desafío. Al menos Rodrigo y yo lo intentamos cada día y, a pesar de nuestros inagotables conflictos y desavenencias seguimos construyendo un mimo destino. Hemos sabido crecer juntos. Y, por fin, somos cómplices. ¡Ah!, pero cuánto nos costó conseguirlo. Creo que ya lo empiezo a echar de menos. ¿Sabías, papi, que la única vez que he visto a mi marido llorar después de veintisiete años ha sido el día de tu sepelio? Jamás había derramado una sola lágrima y tú lograste lo imposible en él. Gracias por haberlo hecho vibrar, y a mí, al darme el deleite de sentir su rendición al dolor.

Al acostarnos, la arrullé en mis brazos asegurándole que encontraría ese hombre para amarla y valorarla como se merecía. ¿No acaso era una princesa? Confía, confía, confía y, con esas palabras, cayó en un profundo sueño.

encantamiento

erdí la cuenta de los días que llevo en la India y no he tenido ningún momento para meditar como suelo hacerlo en mi país todas las madrugadas. Estamos tan cansadas que no hay manera de levantarme a las cuatro. Sin embargo, hoy, para esa hora, un camarero abrió la puerta de la suite y colocó en una mesita una bandeja con tazas y una tetera: *Morning tea*, nos dijo risueño. Con aquel té caliente en las entrañas nos enlistamos con una emoción delirante. Hoy era el gran día para entrevistarme con el Taj Mahal. ¿Qué conversaciones mantendría con él, qué me querrá decir? Deseo desde que era una niña tocar su corazón ardiente. Con urgencia recorrer este templo al amor. No he tenido más destino que llegar hasta este día para sentir la magia del lugar y entrar al caleidoscopio de sus cristales amalgamados, para así desintegrar mis deseos. Me encojo desde ahora para diluirme en uno de mis más grandes sueños. Ansiosa de perderme en sus impenetrables secretos. Llegó la hora de marcharnos. "Vámonos, chiquita, nos espera una insólita aventura".

Vestida de fiesta con un sari color turquesa y falda larga blanca, estaba lista para conocer a un gran amor. Encontramos una cola de gente tan larga como la del estadio Azteca en un juego del América-Cruz Azul. Interminable. Y eso que ya teníamos boletos. Una fila era para los indios y otra para los turistas. A las 6:30 abrieron las puertas para que el impacto fuera destellante al entrar a la justa hora del amanecer, cuando el cielo se teñía de rosa. ¿Sentiste la fuerza de mis latidos al transitar su gran avenida? Estaba flotando en el aire. Mis pies no sentían por dónde pisaban. Un ruido de suspiros y yo, dentro de un silencio. Era como si el Taj Mahal tuviera el sonido de la pureza. Era como penetrar un mundo inexistente. Allí estábamos en ese momento mi hija y yo, y tú, cubriéndonos el alma que se cegaba de tanto esplendor: un diamante aperlado iluminando cada vena de nuestra piel apiñonada.

Caminamos suavemente hasta llegar al mausoleo. Más valía que a Marifer no se le ocurriera quejarse de otra tumba, porque entonces sí que la mandaba por un tubo de cañería hindú. No toleraría ninguna queja más. Afortunadamente, se portó a la altura. Al igual que yo, se quedó con la baba suspendida en el aire matinal. Los rayos del sol nos daban la bienvenida que, junto con los cipreses altos, nos custodiaban al llegar a la tumba. Me la imaginaba más pequeña; ¡cuán equivocada estaba! Esto fue superior a todo lo soñado. "Marifer, Marifer estamos en el Taj-Mahal". Sólo pronunciar cada letra era como entablar un romance conmigo misma. Era como componer un poema de amor. Entramos por fin al templo. Acaricié ese milagro hecho de perlas y piedras preciosas. Me sumergía en su grandeza mirando al cielo azul. De pronto, abrí mi libreta naranja y escribí:

Este sonido interior toca el misterio que suena y resuena para no detenerse. Es tanto el silencio guardado en estos rincones que adormece mis entrañas. La infinita perfección de su blancura nacarada es tan arrolladora que me cautiva. Camino suavemente, adentrándome al perfume de sus caléndulas, lotos y jazmines. Escucho a lo lejos a los mirlos y a las golondrinas que entonan sus canciones alegres deleitando el amanecer. Ya puedo saborear el lujo de esta historia de amor y de dolor. Ya me baño en esas lágrimas que un día ese rey llamado Shah Jahan derramó por la muerte de su amada esposa, Mumtaz Mahal, y la honró con esta tumba hasta el final de los tiempos. Dejo de soñar. El viento suave y cálido abraza mi rostro para escuchar a la reina susurrarme al oído: no me he muerto… mi corazón de mujer amada palpita en ti.

Por si no lo sabes, el Taj Mahal es el resultado de una bella pero trágica historia de amor. Es una proeza arquitectónica, un poema hecho arte. Un templo sublime que sólo un alma enamorada sería capaz de ofrecer al mundo. Me pregunto cómo hubieras construido el mausoleo de amor de haberse ido mi mami antes que tú. En vida fuiste capaz de levantarle monumentos de amor, palacios de ternura, jardines de sonrisas que llenaron su corazón de gloria y plenitud infinitas.

El recién nombrado emperador, Sha Jahan, a dos años de haber muerto su padre, Jehandir, se encontraba en campaña militar, cuando le avisaron que su amada Mumtaz, primera dama del palacio, tenía complicaciones en el treceavo parto. Jahan no lo pensó dos veces y, desesperado, regresó al lado de su mujer para poder estar los últimos instantes junto a ella. El gran amor que sentían el uno por el otro era conocido por todos. Los poetas decían que la luna se escondía de vergüenza ante la presencia de la emperatriz. Se ganó el corazón del pueblo, porque siempre intercedía por los más pobres. Una pareja enamorada que se desvivía, ella apoyándolo en sus campañas y él colmándola con todo tipo de regalos, desde las flores más hermosas hasta los diamantes más puros. Cuando muere, el emperador se recluyó en el Fuerte Rojo, a la izquierda del río Yamuna, al cual iremos más tarde, y allí pasó encerrado los días restantes de su vida, abandonando el Imperio en manos de sus sucesores. La tristeza lo avasalló, y fue cuando, al mirar desde sus ventanas, al otro lado del río, mandó construir el más impresionante mausoleo que jamás mente humana pudiera concebir. Las mejores piedras, las mejores joyas, los mejores obreros... ¿A que no sabías que costó cuarenta y un millones de rupias, quinientos kilos de oro puro, veinte mil hombres artesanos y mil elefantes? Todo fue poco para el lugar de reposo de su amada. Y así, tras dos décadas de construcción, en 1648, fue enterrada Mumtaz Mahal y, dos años después, él también descansaba eternamente en el mismo lugar junto a ella. Se dice que, una vez finalizado el trabajo, mandaron cortar las manos de los arquitectos para que nunca nadie volviera a diseñar construcción parecida en ningún lugar.

Marifer y yo estábamos hechizadas por aquella belleza aperlada de joyas incrustadas en su fachada, más de una veintena de tipos distintos de piedras preciosas, entre ellas, la cornalina, la turquesa, la malaquita, el jaspe, el lapislázuli... Dentro del templo luce un insuperable sueño. Velos de mármol, en su interior como una filigrana con cuatro minaretes coronados por un *chatri* o cúpula. Hay inscripciones del Corán en sus paredes. Sólo una flor tiene cuarenta diferentes piezas pequeñitas hechas todas a mano. Una visión inolvidable cuando el monumento se reflejaba en el estanque rodeado de jardines, pero, lo impactante fue recordarme que hay amores capaces de enfrentarse al tiempo para hallar la unión eterna, como Abelardo y Eloísa. Seguramente, mi mami y tú descansarán en su lugar predilecto dentro del jardín de ciruelos en Amatlán, como dos árboles frondosos, y donde su amor se mantendrá vivo a través de los siglos, como el de ellos, sobreviviendo a las tormentas de la historia. Amén.

De regreso al hotel, pasamos a desayunar al gran bufete donde no podíamos ocultar el esplendor que aún quedaba del Taj Mahal en nuestras pupilas y, mucho menos, disimular nuestra alegría. Recogimos maletas y, antes de salir de Agra, visitamos en un dos por tres el Fuerte Rojo, para después proseguir a Orccha transitando el peor camino de todos los caminos que, con esto te digo todo, la señorita Marifer no pudo dormirse. Tanto traqueteo, curvas pronunciadas y el constante pitido de los otros coches acabaron conspirando para robarle el sueño. El cielo estaba grisáceo por el viento que alzaba la arena. Parecía que el fin del mundo se acercaba. Durante la ruta, miles de castillos y fuertes arenosos se vislumbraban en la lejanía, apenas visibles. El auto Ford blanco atravesaba un paisaje de grandes campos de tierra seca con matorrales y escasos árboles, algunas chozas de barro se divisaban a lo lejos, campesinos que nos saludaban y niños empujando a golpe de varilla búfalos que levantaban nubarrones de polvo ocre. Al cabo de seis largas horas, entumidas y hastiadas, nos esperaba un hotel bellísimo rodeado de *chatris*, templos *rajús* de la región de Bundela, ornamentados con labrados de piedra en forma piramidal jamás vistos. Son templos hinduístas del siglo IX. Este lugar mágico detenido por el tiempo era una poesía permanente. Subimos a la azotea donde apreciamos los monumentos altos, como si tuvieran zancos. Quedamos encantadas ante la enorme bola de fuego que se sumía entre ellos como si los quemara vivos. El sol era como un disco rojo que teñía el campo de oro antes de que desapareciera. Los indios lo llaman *Surya* y lo veneran como a un dios. No cesaban las sorpresas. Seguíamos siendo un devenir constante de aquel fluido de existencia. Cada vez más despiertas. El aire era como un velo transparente de aroma dulce. La India quizá no nos reconoce, pero nosotras sí a ella. Era volver donde habíamos ocurrido en otras vidas. De eso no me cabe la menor duda.

periquitos verdes

espierto y me descubro otra mujer. Son las seis, me visto y salgo disparada a encontrarme con el día para embriagarme de ese resplandor dorado de sus mañanas. En la India no se sufre del terrible acontecer de la velocidad. Aquí hay permiso para detener los instantes con melodías melosas. Salgo del hotel para caminar hacia los templos que me atraían como imanes. De pronto, estoy dentro del más grande, como si estuviera metida en una catedral gótica de dimensiones grandiosas. Cuando me acerco a sus escaleras para montar a la cúspide, un hermoso muchacho me pide guiarme. La ternura de sus

ojos me estremece, no sé si ha fumado hachís, o si sus pupilas brillosas delatan un estado pacífico proveniente de la meditación, o simplemente nació así. Me toma de la mano con un entusiasmo infinito para mostrarme los secretos de cada nivel que ascendemos. ¿Y qué crees que encuentro en las orillas de las esquinas redondas de aquellos templos? Periquitos verdes. Otra vez tú. Este diario son memorias escritas para recordarte. Me busco a mí misma a través de encontrar en cada paisaje tu aliento y así comprender mis inminentes contradicciones ante tu muerte. Un periquito verde y me lleno de lágrimas. Soy todo lo que veo afuera, siento una rara soledad. Pericos. Las cosas bonitas que vi cuando era una niña me unen a un mundo bello, las canciones, los árboles, el amor, los amigos, los antepasados, los recuerdos, las cosas invisibles en las que cohabito. Hoy he sentido algo muy fuerte y abarca también a ese joven solitario, él se conecta conmigo, contigo, con los pericos, con los templos, con todo. Porque todo es instante. No sé nada de él y, sin embargo, lo sé. Contiene mi emoción al recordarte en ese impasible cielo azul, benévolo al ser escenario de una bandada de pericos. Me quedo hipnotizada escuchando su peculiar trino, y un buen rato no tengo palabras. Sin hacer nada. Sin pensar nada. Envuelta en la levedad; en un lecho de silencio. Cuando rompo ese momento de beatitud y vuelvo de ese encantamiento, comienzo a tararear el eterno mantra de aquella canción de tu infancia: *periquito verde, periquito verde, dame la patita, dame la patita… periquito verde, periquito verde, dame la patita…* Cada vez que me enojaba de pequeña y me enfurecía de grande, me la cantabas hasta hacerme reír. Ese era el desafío. Periquito verde, dame tu patita, dame la patita….

Seguimos subiendo hasta lo más alto, al interior de ese cucurucho petrificado. Me sumergí en él como si flotara en las nubes. Seguí la travesura de inmiscuirme en aquella forma cónica, en esos matices barrocos, para escuchar cuentos y leyendas vividas hace miles de años. El templo y yo dialogamos. Murciélagos dormidos suspendidos de cabeza nos sorprendieron y, aún más, una familia de águilas con sus aguiluchos provocando una ternura innegable en mis aposentos internos. Conmovida hasta los huesos, miré de reojo al chamaco, era un ser muy especial, esa mirada guardaba mil vidas, frescura de espíritu y una levedad del ser, como diría Milán Kundera. Tocó mi corazón y lo llenó de color. Al despedirnos, me pinté de su *sol-edad* y regresé abatida al hotel para encontrar a una Marifer molesta, que me regañó por no haberla despertado. Estuve a punto de cantarle Periquito verde… dame tu patita…

En Orccha está el palacio de Jahandir, hijo de Akbar y padre de Sha Jahan. Labrado de piedra con mosaicos color turquesa tipo talavera mexicana. En sus altas azoteas, el sol ya nos trataba a latigazos y el paisaje nos robaba el aliento. El río a nuestros pies y un pequeño pueblito pintoresco, el cual estamos ansiosas por conocer. El huevito sorpresa de este extraño y místico lugar fue toparnos con una fiesta en donde explotaban los colores, así como lo oyes. Bombas de color. Nubes de brillantes tonos. Polvos que flotaban en el aire, de color rojo, amarillo, anaranjado, verde, azul, morado. Salpicadas de un tutti frutti frenético. En cuestión de minutos, terminamos empanizadas, divertidas, exaltadas; cubiertas de una extraordinaria gama de tonalidades. Sabíamos a arcoíris, a alegría, a emoción. Jugábamos la vida. No hay duda de que es un vaivén de placer-dolor y viceversa. En la mañana lloraba de recuerdo y ahora lloro de hoy.

¿Dónde me buscas, oh, servidor mío? ¡Mírame! Estoy junto a ti.
No estoy en el templo ni en la mezquita, ni en el santuario de La Meca, ni en la morada de las divinidades hindúes.

No estoy en los ritos y las ceremonias; ni en el ascetismo y sus renunciaciones.

Si me buscas de veras me verás enseguida; y llegará el momento en que me encuentres.

Kabir dice:
Dios, ¡oh, Santo!, es el aliento de todo lo que respira.

Rabindranath Tagore

Así como Kabir, no busco templos para adorar a Dios. Se revela en cada luna, en cada montaña, en cada corazón que me toca, en cada color. Se manifiesta cuando siento, papito, tu aliento de todo lo que respiro. Estoy perdiendo la noción del tiempo. No hay manera de quedarme quieta. Volteo a ver a mi hija, ella escucha mis deseos: "¿Qué esperas?, vámonos a seguir marchando a nuevos escenarios. En ese afán por descubrirnos en otras moradas, en otras verdades que no son fáciles de encontrar". Faltan cuatro largas horas para llegar a Khajuraho. A los templos sagrados del Kamasutra, como bien se conocen, declarados patrimonio de la humanidad por la UNESCO. Llegamos al hotel Ramada, un hotel dizque de cinco estrellas, grande pero viejo. Momento para despedirnos de Bawar-Buenaonda, después de trece días cuidadas por este hombre sin precedente que se convirtió en una especie de ángel guardián demostrando en todo momento cortesía, generosidad y elegancia al servirnos. Un ser con tesón, con una actitud abierta, humilde y paciente ante nuestra curiosidad sin límites. Lloramos y lo abrazamos, le dimos su propinota bien ganada y se marchó feliz. ¡Oh, amigo! Te veremos durante toda la vida en esas sus ligaduras, en ese entretejido que se instala en el corazón. Me incliné y le hice una reverencia a su ser más puro. Tomamos nuestros tiliches, que eran muchísimos, entre saris de seda, colchas bordadas, mascadas coloridas, anillos pesados y mil chácharas más. ¿Dónde las acomodaríamos? ¿En qué lugar pondríamos tanta experiencia, tanta belleza? ¿Cabrá tanta gratitud en este tórax tan restringido?

kamasutra

aya día. Tomamos un tuk tuk por treinta rupias para llegar a los templos. El hombrecillo que nos levantó no tenía una pierna, pero con la otra pedaleaba sin parar para llevarnos con bien. Su singular aceptación de lo inevitable era una lección de vida para nosotras, que no perdíamos oportunidad de quejarnos de estupideces, como cuando nos despedimos del hotel mediocre expresándole al gerente lo descuidado que lo tenía, como si eso tuviese vital importancia. Parecía que no habíamos aprendido la lección, pues al guía que nos esperaba, un flaquito moreno con cara de pocos amigos, a quien

a duras penas le entendíamos, lo despachamos sin consideración por la escasa paciencia que teníamos a esas alturas del viaje. Queríamos, sin embargo, zambullirnos en la fascinación de Khajurajo, patrimonio de la Humanidad desde 1986, mismo año de mi boda. Los templos estuvieron bajo el gobierno de la dinastía Rajput Chandella. Su nombre viene de la palabra *kajur*, que significa, en hindi, "palmera datilera". Gracias a la exuberancia de esa jungla tropical, la horda musulmana nunca vio los templos y fue así como se conservaron por siglos. Mientras descubríamos con deleite cada templo, nadie creía que éramos madre e hija, y mucho menos que nos atreviéramos a viajar juntas. Parecíamos unas chamacas adolescentes engalanadas con vestidos vaporosos y con nuestros cabellos sueltos al viento como si fuéramos las mejores amigas, e incluso nos llegaron a percibir como si fuéramos pareja. Marifer se ofendía por el atrevimiento. Yo, sin embargo, con esa comparación sentía cómo me ponían más años a mi vida. Ese lugar regeneraba mis células, su erotismo ya bailaba en mis venas. Era sorprendente pensar que en los años 950 al 1050, mientras Europa construía sobrias catedrales románicas y languidecía en lo recalcitrante de la Edad Media, en India se edificaban los templos eróticos más famosos y explícitos del mundo. Recorrimos sus jardines y sus veintidós templos de los ochenta y cinco que siguen en pie y que se ubicaban originalmente en un área de más de seis kilómetros cuadrados. Hay, entre ellos, los influenciados con arte hindú, aunque también los hay jainistas. No voy a aburrirte con historia, pero tampoco con la descripción detallada de las posturas sexuales. Me moriría de vergüenza. Ya de por sí es demasiado intimidante recorrer esos recovecos con mi hija, quien siempre me ha tachado de mamá pornográfica por esculpir obscenos desnudos según ella. Espero no haberla traumado. Es tiempo de reivindicarme con el permiso del exacerbado prosaísmo de este lugar único en el mundo. Las esculturas no sólo representan motivos eróticos de lo más expresivos, también, para contrarrestar tanta pasión desbordada, hay motivos florales, geométricos, animales y representaciones de la vida en la corte. ¡Pero, qué corte! Una corte abierta y sensual. En el templo de Kandariya Mahadeva con sus ochocientas esculturas de arte perfecto, el diez por ciento son tallas eróticas, donde se encuentran las llamadas Apsaras. Cuando íbamos admirándolas, escuchamos al guía que conducía a un grupo de españoles: "Vengan, les quiero mostrar algo". Lo seguimos como si perteneciéramos a ese grupo. "Les presento a Miss Khajuraho", dijo muy orgulloso. La esbelta figura, una belleza celestial con un alacrán en su muslo, nos miró sin escrúpulos. En la mitología india ese animal es el símbolo del deseo sexual femenino, cuanto más cercano está de sus órganos genitales, más pasión demostraba la mujer. "Ay, mami. Ya entiendo todo", me susurra mi hija. "¿A qué te refieres?", dije consternada. "A que tú eres escorpión", me miró sonrojada. Yo no sabía ni dónde meterme.

Hay distintas teorías sobre el motivo por el que los templos se decoraron con aquellas posturas sexuales. Hay quienes afirman que se trataba de enseñar el kamasutra a los más jóvenes. Para otros, es un homenaje al amor y al matrimonio entre Shiva y Parvati, la energía femenina y masculina y, para muchos otros, es la representación de los amantes que servían de protección, ahuyentando a los malos espíritus y a las tormentas eléctricas en época de monzones.

He comprendido que cada civilización entraña un misterio. El mundo del kamasutra resultaba insondable, casi impenetrable en la sabiduría más sublime y total del ser humano, como es la sexualidad y el gozo de los cuerpos. Nos sometíamos a su lenguaje, a las costumbres y tradiciones de esos hindúes que en otro tiempo consideraban el sexo y el deseo, el *kama*, como parte de sus vidas y base de la educación sexual y amatoria de los indios de buena cuna. Las reglas del *kama* eran una especie de manual técnico escrito en un estilo preciso, sin obscenidad, describiendo procedimientos guerreros y estratagemas políticas necesarias para conquistar a una mujer. En la mitología india, proporcionar placer elevaba a las mujeres. Sin erotismo no surgía vida. Pero no sólo para glorificar la creación, el nacimiento, sino para gozar del placer. Somos seres encarnados. A través de nuestros sentidos tomamos conciencia de lo que somos. Al recorrer aquellas ochenta posiciones, ponía alas a mi imaginación. En pleno siglo XXI, con todo el conocimiento y preparación que presumo tener en tantra y sexualidad sagrada, jamás había sentido tal pudor. Mujeres con dragones, hombres penetrando a caballos, orgías, mujeres exóticas con otras mujeres sensuales acariciando elefantes, descomunales poses entre hombres con hombres, etcétera. Aquellas imágenes traspasaban todo orden, toda estructura mental, estaban más allá de mi comprensión, pero me gustaban. No te asustes, papi, sabes que siempre fui curiosa y atrevida. Qué daño nos han hecho las creencias rígidas de nuestra religión judeocristiana, la simulación, lo pecaminoso, el castigo, la hipocresía y el relativismo moral. Aquí me siento libre de ataduras, en un estado de plenitud que me permite tener un atisbo a lo que es la verdadera realidad. A lo trascendente. Nunca he temido incursionar en la fantasía y en lo mundano; en lo prosaico y en lo sagrado que, para mí, están enlazados como una pareja inseparable. El sexo como medio para acercarse a lo divino. Pocos entienden la esencia de la búsqueda mística debido a que mucha gente ha abusado del término para decir tonterías. El problema es que vivimos en una época en donde predominan el cinismo, el descaro y la desconfianza. Sin embargo, la India es tímida, es ingenua, tiene arrugas y pliegues en su rostro como tú, papi, que los tenías surcando tu piel como un registro de los cambios sufridos con el volar de los años. ¿Para qué la vida? ¿Tiene sentido preocuparnos más de la cuenta? ¿Vale la pena enojarnos y perder el tiempo quejándonos de todo? Absurdo es no sentirse pleno disfrutando de lo que vive dentro de nosotros. Vergonzoso es no conectarnos con la pasión de vivir y con nuestra verdadera esencia…

Era un día incandescente. Nos envolvía un vapor sensual y el cielo estaba limpio, claro, bien educado. Un espacio amplio, en una inmensidad tendida de verde, casi ilimitada. Y lo más suculento era que no teníamos prisa esta vez, no dependía de mi reloj ni de la esclavitud de sus minutos. Hacía dos días se había parado, afortunadamente. Al caminar por esa explanada salpicada de templos, nos encontramos a dos apuestos jovencitos alemanes parecidos a ti cuando eras joven (otra señal). No sé si te lo he dicho, pero, ¡ah!, qué atractivo eras. Tanta guapura dolía, y combinada con tu elegancia y gallardía parabas el tráfico de cualquier lugar. En fin. Estos muchachos llevaban viajando por la India el mismo tiempo que Marifer. Le resultó importante saber que no era la única loca de remate descubriendo el mundo. Les preguntamos si sabían de una vía postal para enviar las compras, pero justamente ese día era fiesta nacional del gobierno y todo estaba cerrado, para no variar. No nos quedó otra que apurarnos y poner mi reloj mental en marcha para conseguir afuera del lugar una maleta y llevarla conmigo de regreso a México. ¡Lo que no hacemos las madres por los hijos! Esta vez no me comería sus sobras de comida, pero sí cargaría con todos sus triques y tiliches. Ella se quedaría dos meses más en el subcontinente y sólo tenía una mochila de viaje colgante con tres trapos. El dinero se restringía cada día más. Así que, o comprábamos más caprichos baratos o comíamos más de lo mismo. A estas alturas ya nos daba igual un *masala tikka*, que un espagueti o un par de *nans* con lentejas. A decir verdad, nos urgía un taco de carnitas de Los Panchos. ¿A poco no se te antoja, papi? No creo. Nunca te gustó la carne.

pesadilla

El tren hacia Varanasi salía a las siete, por lo que ya a las cuatro de la tarde estábamos en la estación espantosa y mugrienta de Satna, listas para evitar que se nos fuera. Nada resultó como lo habíamos planeado. Estuvimos dos horas en el cuarto de espera con sillas destrozadas, despintadas y algunas salpicadas de caca. No nos atrevíamos a ir al baño, pero no aguantábamos las ganas, así que tuvimos que armarnos de valor, contener la respiración y semicerrar los ojos para no vomitar. Hacer pipí fue toda una odisea. Hicimos *de aguilita*, con el escrupuloso cuidado de no salpicar los pantalones. Las tasas

189

estaban embarradas de popó duro. Obviamente no había papel ni tampoco dónde poner nuestras bolsas para sacar un kleenex. Salí mareada del baño, con náuseas. Tenía que distraerme y tomar aire fresco, por lo que recorrí la estación de un lado al otro. Quedé anonadada cuando vi a indios que escondían bajo sus enaguas puñados de arroz. Imagino que con la esperanza de hervirlos algún día en algún cuenco. Observé niños escandalosos revoloteando en los salones de espera, señoras con más de seis hijos a su cargo, algunos hombres machistas jugando a las cartas sin inmutarse por sus familias. Encontré niños tan enfermos que parecían ancianos. Otros con las barrigas hinchadas de gusanos. No pude apartar la mirada de un pordiosero cubierto de llagas, ni tampoco disimulé una mueca de asco al darme cuenta de que un mendigo, en lugar de pelo, como creía, tenía la cabeza llena de moscas. Pasé una hora contemplando sin juicio aquel bullicio y cada movimiento de los personajes de esta gran obra de teatro. Por un momento pensé que me sumergía en un sueño o, más bien, una pesadilla. Mendigos dormían acurrucados en un trozo de tela acampando entre petates a la espera de dinero suficiente para pagarse un billete. Ya no soporté un minuto más y me levanté para ir a las oficinas a verificar a qué rampa llegaría nuestro tren. De tanto preguntar y no entender, lo perdimos en nuestras narices. Mientras platicábamos con los amigos alemanes, justo cuando el tren arrancaba, nos dimos cuenta de que era el número de tren que nos correspondía. Se había adelantado una hora de lo previsto. Corrimos desaforadas con nuestras tres maletas para alcanzarlo, extendíamos las manos para que alguien, como en las películas, nos ayudara a subir. Lo intentaron varios indios al ver nuestra desesperación, pero fue inútil, no podíamos arriesgarnos a que se nos cayeran nuestras compras. Los vagones iban atiborrados. La gente se agarraba a las ventanas y a las puertas en un intento desesperado para no quedarse en tierra. Llevaban hasta gallinas en los brazos. Había jóvenes subidos a los techos para pugnar por un lugar donde sentarse formando auténticos racimos humanos. Como verás, ante ese espectáculo, perdimos el tren. El coraje, el disgusto y la exasperación nos invadieron y esa sonrisa que traíamos dibujada, se nos borró de inmediato para dar lugar a una rabia fuera de mis límites. ¿De qué nos sirvió tanto misticismo erótico y tanto estar en "modo zen"? De nada. Eros nos abandonó a nuestra suerte. Busqué culpables, como siempre, para no aceptar mi falta de tino, me flagelé reprochándome no haber checado con más detenimiento cada tren y, lo que más me dolía, era haberlo perdido por andar de platicadoras. Me dio por insultarme a mí misma. Perdí mi centro emocional, mi serenidad recién ganada se escurrió por la cañería de mis autorreproches. ¡Ya no habrá otro tren con cabinas de primera clase! En caída libre como el gran querubín, del cielo al infierno directo y sin escalas. Que Shiva nos ampare. Habíamos perdido nuestros boletos de camarote. Experimenté un pavor nunca vivido al sólo imaginarnos viajando con aquellos hombres chimuelos y sus manos sucias después de haber defecado, mujeres quitando piojos gordos de tanta sangre chupada de los cabellos de sus hijos, indios comiendo con las manos grasientas, ancianos desnudos y desnutridos con barbas a la cintura. Simplemente no podía subirme a ese tren con su olor penetrante a muerte, ni experimentar algún tipo de picazón en los ojos por lo denso del aire, o invadirme de pestilencia entre sudores y gases no deseados, o escuchar cómo expulsan los escupitajos. Además, como si fuera poco, la posibilidad de quedarnos sin oxígeno al estar atrapadas como sardinas en lata. Nos desquiciamos al sólo pensar en estar metidas nueve horas en esa ratonera. Puedo tolerar casi todo, que me quiten las muelas del juicio de un jalón, subirme al metro Balderas un lunes a las seis de la tarde, dormir en el desierto con escorpiones acechándome, comer cucarachas empanizadas, caminar entre las ratas sagradas, pero, meterme allí, jamás. ¿Cómo era posible? No podía estar pasándonos a nosotras. ¿Cómo avisaríamos a la agencia que no llegaríamos a las cuatro de la madrugada? Aparecer en Varanasi sin siquiera conocer el nombre del hotel me llenaba de angustia. Marifer y yo nos gritamos largo tiempo en discusiones estúpidas, echándonos culpas. Al final ya desgastadas de tanto disentimiento, nos abrazamos con un gran llanto de por medio. Nos confortamos sabiendo que estábamos juntas en esta pesadilla y más nos valía tomar rápidas decisiones sin desgastar la poca cordura disponible. ¿Ahora qué paso seguía? Ella me consolaba y buscaba alternativas. "Mami, disfrutemos esta aventura", me decía convencida para contrarrestar el miedo. Un guardia que se creía la encarnación de Buda se acercó con la fuerte intención de calmarnos. "No hay más que mirar hacia delante." Idiota, qué fácil decirlo. Acto seguido, Marifer regresaba a la banca de espera donde estaban los *alemán-adonis* para reclamarles de no haber estado atentos o, mejor dicho, por haberla hechizado con sus encantos germánicos. La reservación se había hecho tres meses antes y ahora no había manera de conseguir boleto en primera clase. Fuimos a las taquillas y, después de hacer una tremenda fila y no resolver nada, exigí ver al delegado responsable. Cuando llegué a las oficinas, aquel desorden era inaceptable. Los papeles revueltos sobre el escritorio, hombres comiendo con las manos guisos aceitosos, y no faltaban las moscas encima de los cabellos negros de los oficinistas. El más alto nos recibió malhumorado con un pésimo inglés que lo frustraba y que, en combinación con mi insoportable genio, nos hizo no llegar a ninguna solución. No nos daba opciones para resolver nuestro dramático caso.

—*Please, Sir, we can't stay here anymore. We need sleeper's tickets with AC* —le rogaba en un grito desesperado casi matándolo con mis ojos.

—*No, no have more* —decía mientras movía su cabeza de un lado a otro con bastante calma. Me faltó poco para zarandearlo.

—Mamá, ya párale. Compremos los boletos en general. Por favor, cálmate.

Quedaban pocos lugares para el próximo tren, por lo que no nos quedó de otra más que comprar dos *tickets* para general, es decir, gayola. Tú te me mueres otra vez. Te hubiera dado el patatús o, mejor dicho, el *tatatús*. Al final, después de dos horas más de dilación, subimos al vagón donde se anunciaba un gran AC. Nos sentíamos bichas raras, ¿qué hacíamos allí?, no pertenecíamos a ese lugar. Sin embargo, tramamos un plan macabro asesoradas por nuestra mexicanidad creativa e ingeniosa, por no decir tramposa. Arriesgamos el pellejo y simulamos usar los boletos perdidos como buenos. Ingenuas al pensar que las camas iban a estar vacías. Nos hicimos las locas un rato hasta que el oficial encargado desenmascaró nuestras cochinas intenciones. "La esperanza nunca muere", me dije. "*These are not your beds. Go down inmediately, please*". Le suplicamos que nos consiguiera un lugar en cuanto se desocupara uno en el transcurso del viaje. Quizá tuviéramos suerte. No pareció entendernos, pues un rotundo *no way* resonó en sus fauces mientras nos jaloneaba para descender lo antes posible. El tren se iba. Aferradas al barandal y a nuestras maletas, nos quedamos a bordo. Un joven indio que hablaba buen inglés intercedió por nosotras con el oficial para que nos dejara quedarnos en esa zona que hay entre vagones. Preferible en el exterior que en el general. Así lo hicimos. Lo habíamos logrado. Al cabo de dos horas paradas en ese pequeño espacio, hambrientas y somnolientas, el oficial vino a buscarnos y nos dio un lugar en el *sleeper* con AC. Para nuestra fortuna, dos pasajeros se habían bajado en la parada anterior. El *misternoway* se apiadó finalmente de nosotras. Papito lindo, ¿cómo lo hiciste cambiar de idea? Sabía que no ibas a permitir que tus princesas cayeran rendidas debajo de los rieles de una ferroviaria india. ¡Qué suerte tenerte de interventor celestial! Esa noche dormimos en camas con *buqué* a gases pestilentes proporcionados por los viajeros anteriores. ¡Qué importaba! Estábamos a salvo. Pasé la noche en vela entre ruidos estruendosos salidos de la maquinaria vieja de aquel tren deteriorado que no dejó de sarandearnos y que, sumados a los ronquidos ensordecedores de los cuatro compañeros de viaje en las otras literas, no hubo manera de pegar el ojo. Y, como si fuera poco, tuve que cuidar una vez más del sueño de Feri-Durmiente. Además, cabe decirlo, de vigilar las maletas y bolsas que se resguardaban debajo de mis piernas. Como podrás notar, iba muy cómoda. Al final, despertamos de aquella alucinación. Eran las seis de la madrugada cuando bajamos del tren. Un hombre de pelo cano con ojos agridulces mostraba nuestros nombres escritos en una pancarta. Caminamos hacia él, desconcertadas, en medio de un tumulto de personas. Casi me da el soponcio al mirar la inmundicia que nos abrazaba. "Por Brahma, Buda y Vishnú santos, ¿qué diablos es este lugar?"

लवटांव

Parece todo tan irreal y, sin embargo, no hay nada más real que la India. Desde que pusimos un pie en la banqueta de Varanasi o Benáres, como anteriormente llamaban a esta ciudad cargada de locura, encontramos una alfombra humana tirada en el suelo asiéndose de sus mantos coloridos y blancos. Nos encontrábamos prisioneras entre un mar de gente que va y viene en todas direcciones, de peones o *culíes* cargados de paquetes y maletas sobre sus cabezas, de vendedores de mangos, sandalias, tijeras, peines, bolsos, chales, saris. Olor de multitud. Ancianos agachados para defecar en plena calle sin escrúpulos, niños arrastrándose en los pasillos como si fueran jergas. Miles de personas apáticas sin techo andaban errantes, sin destino. Otros cayéndose de agotamiento para no volverse a levantar. Todo transcurre como un sueño, como el surrealismo más puro. La gente parece existir más allá de la vida, sin límites, sin ambiciones. Sólo ser, como una planta. Sin embargo, hay otros, como el viejito que manifestó su empeño, orgullo y fuerza física al arrebatarle a otro más viejo nuestros velices para subirlos por los interminables escalones y jugarse la vida en ello.

Varanasi, la ciudad sagrada. Es impresionante la cantidad de cosas sagradas en este país, río sagrado, vacas sagradas, plantas sagradas, ratas sagradas. El misticismo impregna la vida de la India y en la ciudad se desbordan los templos, las capillas, los altares. Está encendida permanentemente por los muchos pebeteros que rodean las esquinas de las calles. Los rostros de su gente llevan la marca de los ritos que practican. Otros, en cambio, no mueven músculo alguno, sólo fijan su vista en un punto. Quizá, como todo aquí, en la India, también sea sagrado el *punto*. Son tantas las sensaciones novedosas que es como si estuviera despertando a otra conciencia. Sólo al caminar de la estación ferroviaria al auto del guía he sentido una expansión en mi pecho que hace tiempo no experimentaba. Esta ciudad es desquiciante, poderosa, mágica. No hay manera de no acceder a otra dimensión. Es un constante bombardeo de exaltación a todos mis sentidos, que resulta difícil dejar de sentir y pensar. Es un engranaje perfecto, sutilmente alambicado de rangos, grados, roles, puestos, categorías de personas y de cosas. Tan parecido a nuestra maquinaria social y que, gracias a ello, creo haber desarrollado una soberbia intuición y una gran dosis de experiencia y conocimiento sobre este asunto. Siento que ha sido la única manera de penetrar en esta estructura tan perfectamente tejida y entrar a las arterias donde corre la sangre de esta metrópoli. Cada rincón está impregnado de miles de personas escuálidas y apelmazadas por doquier, sobrellevando la miseria a cuestas, como si esperaran la muerte. Algunos son auténticos esqueletos que podrían morir por inanición, pero lo inconcebible es la quietud en sus caras. No se avergüenzan, llevan la dignidad en su mirada. Algunos no se tapan con nada, pues no tienen nada.

Llegamos al hotel Meraden Grand cerca de la terminal. Bastante bonito, a decir verdad. Feri-Durmiente se sumió en un profundo sueño reparador y yo en la tina con burbujas, aún más revitalizador e higiénico. Impregnada de un olor a humanidad, necesitaba desprender de mi piel la experiencia de la noche. Como si hubiera estado en el mar por días, mi cuerpo todavía se mecía de un lado al otro, aún mareada en cuanto cerraba los ojos. ¡Ah, pero cuán afortunada de tener una cama en este momento sin ningún contratiempo más que gozar! ¿Hice algo para merecer esto?

Toda esa gente afuera sin nada de nada, ¿acaso hicieron algo para subsistir en esas paupérrimas condiciones? ¿Es karma? O quizá ellos sean los que tengan todo al no tener nada. La gran *para-joda* de la vida. Dime, pa, ¿de verdad, existe la justicia? ¿Realmente hay un Dios misericordioso? Le podrías preguntar de mi parte al rato que lo veas, que por favor te explique qué sentido tiene todo este absurdo de vivir entre tanta desigualdad y desequilibrio. Siento un tremendo dolor ante la injusticia y la pobreza. El verdadero pecado es que las veamos tan normales.

Apenas eran las seis y treinta de la mañana. Nos vendrían a buscar hasta el medio día. ¿Qué haría durante esas cinco horas y media? Eran más las ansias por zambullirme en esa gran ola humana que quedarme dormida. El cansancio no ocupaba un espacio en mis prioridades, solo dormité y, al cabo de media hora, salí del cuarto. Tenía hambre. Bajé por las grandes escaleras al comedor a tomarme un café capuchino con un *croissant* caliente con *ghi*. Feri-Durmiente se quedó en la habitación. Tengo la mala costumbre desde niña, que la excitación siempre me rebasa. ¿O no, papi? La más entusiasta para estar lista desde las ocho de la mañana para recorrer museos, caminar, explorar, nadar, leer… cualquier pretexto para salir de la cama es válido. ¡Qué intensidad la mía! Pero, en esta ocasión será distinto. No cualquier día se está en Varanasi. Cuántas películas no he visto impactada por sus famosos *ghats*, las famosas escalinatas mojadas por el Ganges. La típica ciudad india donde toda la gente se baña en el sagrado río. Ahora era mi turno, tocaba purificarme con sus aguas contaminadas. El chofer que nos recogió parecía salido de un *film* de chinos malvados, con sus pelos todos parados y su cara de enojado. Un hombre macizo, con espaldas anchas, bajito de estatura, con mirada amable, pero ceño fruncido. Su sonrisa apenas se esbozaba tímida. ¿Dónde estás, Bawar-Buenaonda? Sin embargo, resultó el mejor guía de todos.

Primera parada: Sarnath. Una de las cuatro ciudades santas del budismo. Es el lugar histórico donde Buda, por primera vez, predicó su doctrina a sus discípulos dando nacimiento a la primera comunidad budista. El lugar más sagrado del área excavada es la estupa Dhameka. Una construcción circular de piedra y ladrillo de más de cuarenta metros de alto y casi treinta de ancho, donde se cree que Buda dio su primer sermón. Pa, ¿crees que aguantes ahora templos budistas? En esta zona vivieron doce mil budistas. Sarnath había caído en el olvido como consecuencia de bajas del budismo y los ataques musulmanes. Sin embargo, aún viven los monjes vestidos con sus túnicas naranjas en el monasterio. Los vimos rondar e iluminarnos con sus sonrisas prodigiosas. Una invitación para llegar al nirvana del cual aún estamos lejanísimas. ¿O será que para acceder a ese estado de conciencia tendremos que tocar el inframundo? Ahora recuerdo la historia del príncipe Siddartha. Su padre, el rey Suddhodana no le permitió salir del palacio por consejo del brahmán Canki: "Debe creer que esto es un paraíso". Su hijo no vería sufrimiento alguno, ni enfermedad, ni vejez, ni muerte. Le ofrecería una imagen completamente falsa del mundo, de la vida humana. Tuvo que ocultarle todo lo que implicase dolor y pobreza para protegerlo de su inminente destino. Hasta que un día, siendo todavía muy joven, abandonó su hogar y decidió explorar el mundo para dedicarse a la meditación, a cuidar enfermos y pobres y descubrir que su cuerpo y su mente se habían librado de las pasiones terrenales. Así se convirtió en Buda, el iluminado. A partir de ese momento, dedicó su vida a difundir su doctrina y enseñar el budismo. Este viaje ha sido justamente un despertar a una nueva realidad. He transformado mi caldero hirviente de emociones en un manto amoroso y luminoso de recuerdos, deseos y fantasías a tu lado.

Segunda parada: Universidad de Varanasi. La más importante de la India. Sólo los niños prodigio entran. El examen es difícil de pasar. La escuela de medicina y de ingeniería son las mejores y Y hoy sabemos que una gran mayoría de médicos reconocidos en Estados Unidos son indios. La universidad está rodeada de parques verdosos, amplias avenidas donde los estudiantes pasean en bicicletas o caminando. Dentro está un templo inmenso donde confluyen los adoradores de Shivalinga. Las mujeres van hermosamente ataviadas con sus saris de lujo con brocados de oro y plata. Ese día festejaban la luna llena. ¡Todo celebran! Nos ganan. Estuvimos adentro del templo sentadas como una hora, afuera un calor pegajoso. Menos mal que olía a la fragancia de los nardos al pasar frente a los altarcillos. Reconocí los efluvios dulzones del *ghi*, y el olor picante de los chiles fritos en salsa de curry. Todo en el mismo espacio compartido. Por más que quiero llegar al Ganges, el guía nos dice "calma, calma… se está mejor en la sombra a esta hora del día". Aprovechó para platicarnos acerca del hinduismo y sus múltiples dioses con una versión distinta a la que habíamos observado durante el viaje. Pude entender esa adoración frenética y tácita por el *lingam*, o más bien por Shiva, quien representaba la naturaleza. Él nos decía que no había sólo un creador, que a quienes adoraban eran a los cinco elementos y, para mantener vivo a este "dios natural", se reciben todo tipo de ofrendas en los altares. En el centro de cada altar está una piedra fálica dentro de un aro simbolizando la unión sagrada de las dos fuerzas naturales, como el yin y el yang de los chinos. Vierten cucharadas de leche o miel sobre una piedra alta y pulida. El *lingam* de Shiva. Este ritual se llama *rudraishek*: colocan flores amarillas, rosas, rojas, alrededor de ella. Ponen monedas o billetes para la abundancia. Encienden incienso. Colocan frutas frescas sobre el suelo para ser compartidas entre los asistentes. En nuestros cuellos colocaron collares de flores naranjas y nos pusieron una masita roja pegada a la altura del tercer ojo. El color anaranjado simboliza la vida, la sangre que corre por las venas. En este altar se adora a la madre naturaleza, el cielo y la tierra, el fuego y el aire. Los mandalas que colocamos en el centro cuando imparto talleres con Pili se asemejan en forma y colorido. Y eso que no había venido para acá (masa crítica). Nuestro guía-gruñón nos contó que cuando era pequeño le daban de tomar pipí de vaca vertido en un cuerno donde, a través de un hoyo, se va decantando la orina. Lo que llamamos orinoterapia, cuyas propiedades poderosas curan, *asegún*, muchas enfermedades. Nos ha gustado su punto de vista y sus explicaciones. Una visión que resuena en cómo yo siento a mi divinidad. Son creencias tan dispares, tan complejas, pero tan liberadoras a la vez. Poco a poco he ido entendiendo sus grandes simbolismos y su infinita devoción a la vida. Al salir nos asaltaron los fuertes aromas de los sahumerios mareadores. Otra vez las náuseas regresaron, pero ahora por respirar aquellos olores de inciensos penetrantes y el aroma inconfundible de los *bidis* hechos con hojas de tabaco. Discretamente, para no ofender a los que pudiesen mirarme, puse mis manos juntas en posición de rezo sobre mi nariz para salir incólume.

Tercera parada. Templo de los monos Sanka Mochan Hanuman. Es un parque donde como en Bali, hay miles de changos, changuitos y changotes revoloteando y saltando de un lado al otro. A mi Marifer le encantan, es fan de estos animales latosos desde que era niña. Seguramente es porque se identifica con ellos. De pequeña parecía una changuita. No dejaba de moverse, de saltar, de jugar, de enchinchar, jalonearme y de treparse en mí. De hecho, tiene colección de muñecos de peluche con ese motivo. Ya está harta de templos y los changos han sido un recreo para ella. Por lo pronto, nos hemos divertido observando a estos animales, cómo quitan piojos, amamantan a sus bebés, corren de un lado para el otro sin miedo a tropezar con alguien, se rascan los testículos sin vergüenza, escupen, se cuelgan de donde pueden, etcétera. Su soltura y desfachatez son envidiables. Una vez más nos quitamos los zapatos para pisar arrocitos en la mugre de los patios, entre ofrendas de flores y miel. Que sensación más liberadora.

polvo

uarta parada. Por fin... Pasear por los *Ghats* del G A N G E S. Este lugar me está marcando de por vida. Es indescriptible. Nadie puede morirse sin venir acá. Lo bueno es que tú estás conmigo. Porque si no vives Varanasi, nunca lo podrías sentir. Para mi sorpresa, rebasó mis expectativas. Es una realidad completamente nueva. La suciedad flota entre sus aguas, sin embargo, los hinduistas jamás te dirán que el Ganges está contaminado. *Al país que fueres haz lo que vieres.* Inevitable tocarlo. Nos acercamos al escalón más bajo en donde adentramos nuestros pies descalzos al agua, sentimos su

frescura y, en un acto de conciencia, le rendimos honor y pleitesía inclinando nuestras cabezas con las manos pegadas al pecho. *Namasté.*

Lo impactante de esta ciudad santa no es su historia. Es que los hinduistas vienen a morir aquí. Según el hinduismo, todo el que muera en Varanasi, o al menos a sesenta kilómetros de la ciudad, logrará el *mosksha,* es decir, quedará libre del ciclo de reencarnaciones. Los baños en el río Ganges son purificadores de los pecados, por lo que, aunque sea una vez en la vida debe ser visitada. Necesitaba escuchar esta gran noticia que me salvaba una vez más de los míos.

¿Recuerdas, papi, cuando te enteraste que había sufrido veintiocho horas de trabajo de parto para que naciera tu nieto en Bruselas? Cuando por fin hablamos por larga distancia a los diez días que me liberaron del hospital (otro suplicio), me dijiste muy serio: "Tienes suerte, Mache, ese dolor te redime de tus pecados y hasta crédito vas a tener allá arriba". No sé si ya lo cobré todo, pero, por las dudas, me meteré de nuevo al Ganges. Y a propósito, tú también pagaste con creces la cantidad de veces que te intervinieron quirúrgicamente. ¡Cómo aguantaste! Nunca te quejabas, guardabas tu dolor. Con caballerosidad y dignidad ahogabas las molestias físicas. Cuando salías del hospital bromeabas con doctores y enfermeras dejando la estela del perfume de hombre valiente y alegre. Supongo que fingías estar contento para que no nos diéramos cuenta de que te dolía. ¿Sufriste? ¿Por qué nunca te escuchamos quejarte? Sin embargo, la última vez que estuviste hospitalizado, tus ojos se lamentaban por seguir mirando, tu piel se fue desdibujando y sonreías con pesadez. Lentamente, te fuiste apagando, como un quinqué sin aceite. ¿Te cansaste de vivir, papito? Lo bueno es que al final caíste en los brazos de tu amada.

Me conmueve esta ciudad repleta de ancianos tullidos y enfermos casi leprosos que se esfuerzan por venir a morir y pasar sus últimos días en la multitud de residencias que hay a todo lo largo del río. Estamos impactadas viendo a los ascetas en todo su esplendor con sus largas barbas. Aquí habitan los sabios, los maestros, los astrónomos, los yoguis, los fakires, los locos. Fuman hierba y hachís en las calles. Aquí cada loco hace lo que quiere. Una libertad ilimitada aun cuando el aire se siente denso, sofocante y hay una energía avasalladora. Escuelas de yoga y meditación avanzadas por doquier. De haber sabido, Marifer hubiera elegido quedarse aquí en vez del *ashram* en Rishikesh, al noreste de la India, donde, al terminar este viaje, se irá un mes a certificarse en yoga. Mucha gente que visita Benares busca aprender meditación como el camino para la liberación espiritual, adentrándose a las antiguas enseñanzas de estos grandes gurúes. Pero, ante esta locura atosigante, no sé si la paz sea posible.

Mark Twain la describió así:

Benares es más antigua que la historia,
más antigua que las tradiciones,
más vieja que las leyendas
y parece el doble de antigua que todas juntas.

Quinta parada: Barca en el atardecer y crematorios. Durante dos horas de hacer contacto con aquellos seres de otro mundo, nos embarcamos en una barca a motor. Olía a algo indefinible, a una mezcla del humo de los infiernillos con el olor a fruta pasada de los pobres que viven en las calles, a humedad, a barro, al incienso de los pequeños altares. Olor de la India. Regateamos al barquero de la orilla y por veinticinco rupias navegamos una hora y admiramos el paisaje: mientras el sol se ponía al oeste con un cielo rosa intenso, casi violeta, lanzando sus últimos destellos sobre el agua, la luna llena se asomaba del otro lado. Yo me sumía en un silencio profundo, absoluto, era el silencio de esta tierra. Sol y luna centelleantes, bolas de fuego reflejadas en el río. "Marifer, Fernando, ¿es esto real?", les preguntaba atónita a los dos. El lanchero tenía ojos profundamente azules y hermosos, brazos fornidos, tez oscura y pelo canoso. Nos sedujo con suaves cantos en sánscrito mientras nos dirigía a ver las cremaciones. No pudimos retratar el espectáculo, estaba prohibido. Pero el olor a quemado de piel y huesos fueron suficientes para dejar una fotografía sensorial en nuestra existencia. En ese lado, el río fluía ancho, sereno. Allí, sobre la orilla, aparecieron interminables piras funerarias en las que se incineran decenas, cientos de cuerpos. Un gigantesco crematorio al aire libre. Hay muchos cadáveres esperando, la cola es infinita. Entre las hogueras van y vienen constantemente hombres tiznados atizando el fuego para acelerar al máximo la cremación. El gris polvo flota durante un rato sobre las olas escasas del Ganges, pero al cabo de unos instantes, desaparece bajo la superficie. Ay, papito, papito… en eso se convirtió tu cuerpo, en pinche ceniza. Pero tú sigues pegadito a nuestro costado. ¡Qué polvo ni qué polvo!

Hay dos crematorios: Mani Karnika y Harischandra. Cuando alguien muere, se debe esperar entre seis y siete horas para su cremación, más o menos igual que nosotros los católicos. Hay un maestro —hombre— de ceremonias, puede ser el marido, si lo hay, o el hijo mayor y, si no hay hijos, el familiar varón más cercano a la familia.

En nuestro caso, me tocó ser la maestra de ceremonia en la misa con tu cuerpo presente. ¿Escuchaste las risas de todos los que estábamos celebrando tu vida al compartir con ellos tus anécdotas, travesuras y hartas singularidades? Además, leí aquellas respuestas que a duras penas te saqué del alma hace un año cuando fui expresamente hasta Monterrey a entrevistarte con setenta preguntas. ¿Recuerdas aquel CD que regalé a la familia en la Navidad pasada donde todos, al igual que tú, contestaron el cuestionario para conocernos mejor, a sabiendas de que el proyecto era un pretexto para que nos secretearas tus intimidades y pudiésemos sacarte el jugo de la verdad sobre tu vida? Ah, qué delicia fue descubrir tus miedos, tus más profundos pensamientos, tus debilidades, la peor de tus vergüenzas, tus personajes favoritos, tus sueños más recurrentes. ¡Cuántas cosas no sabíamos de ti a pesar de creer conocerte! Cuando te pregunté cuál era tu filósofo favorito, contestaste que Gandhi, por su modo de vivir la vida: encuerado. Quién iba a decir que estamos en su mera tierra. Otra respuesta que provocó conmoción ante tu público fue la número sesenta y uno: ¿Qué te da vergüenza? Respuesta: Echarme un pun tronado y que se escuche en el elevador de la Torre Mayor, piso 51. Ja, ja, ja. La pregunta número trece decía: dime tus tres grandes defectos, a la cual respondiste:

1. Cuando pongo cara de fuchi al comer pollo o cualquier tipo de carne.

2. Cuando me impaciento porque no salen las cosas como yo quiero (sobre todo al pegar pajaritos de porcelana hechos añicos, o desenredar madejas de estambre).

3. Que soy un llorón.

Pues no fuiste el único llorón. Todos, sin excepción, lloraron al escuchar tu voz silenciosa a través de la mía. Nosotras, tus hijas, yernos y nietos lloramos tu reciente ausencia con lágrimas de gozo por haberte tenido en nuestras vidas. Al finalizar, se levantaron al unísono y aplaudieron por un minuto, dos, tres… no sé cuánto tiempo se mantuvieron así. Todos con los ojos mojados, sonrientes y orgullosos de haberte conocido. Con las palmas sin parar de sonarlas, una ovación interminable y ruidosa. Tocaste a muchas personas que recibieron irremediablemente algo de tu alegría bendita. El mundo ahora está salpicado de ti. En todo lo que olamos, escuchemos, toquemos o saboreemos estará algo tuyo. Justo cuando terminaron los aplausos, un trío de música mexicana que contratamos empezó a cantar tus canciones preferidas. ¿Sabes con cuál comenzamos? Con "Charro Ponciano". Un himno a ti, que todos a coro cantamos: "Este es el charro ponciano, dando vueltas a la estación, viene pegando de griiitos porque loooo hicieroon… calla, mujer calla, deja de tanto llorar… que esta noche con la luna, nos vamos a emborrachar…" El *bacacho* y los pistaches encabezaban el altar resguardado por *El Chido.* Por cierto, ¿sabías que ese muñeco tuyo con ojos saltones habló solito sin que tuviera pilas mientras desayunábamos en el cuarto de TV antes del velorio? Estaba hasta arriba del librero abandonado y polvoriento cuando, al verlo, le gritamos: "Hey, Chido; hey Chido", a lo que, para nuestro susto, contestó: "ya pélenme, ¿no?". Desde ese día te manifestaste. Bueno, el caso es que el sacerdote con los ojos desorbitados y la boca abierta no podía dar crédito a tal festejo. Al final agradeció la oportunidad de haber presenciado un velorio tan original y desbordado de alegría y llanto indiscriminado. No era una tradición muy católica que digamos, cerrar la misa con un *chun tata, chun tata,* ni tampoco con chistes y bromas y, mucho menos, con toda la familia vestida de blanco bailando *Zorba, el Griego.*

Mientras participo visualmente de una cremación a lo lejos, imagino con los ojos abiertos cómo te envuelvo con telas de colores, te unto *gui* y cómo preparo leña de sándalo para tu incineración. Antes de colocar tu cuerpo en la base de madera, te sumerjo en el río sagrado y te libero de las faltas cometidas y recito como lo hacen los hindúes con sus muertos, el *Rama nama Staya hai* (en nombre de dios es verdad). Ahora cierro mis párpados. Estás más que purificado. Me arrodillo y consagro mis rezos frente a ti. Es sólo tu cuerpo el que se va, aquel cuerpo que abrazamos tanto, aquellas manos largas y peludas que trabajaron con ahínco para que no nos faltara nada, aquellas piernas flacas que todas heredamos, aquellos ojos azules que se han quedado mirándonos desde el cielo. Siento cómo el fuego va desintegrándote y, a la vez, alzando tu espíritu que se funde con el viento. Ahora ardes con la llama eterna de la hoguera sagrada. Tú, nuestro hogar. *Namasté.*

लेटरह

exta parada: Visita a un astrólogo. Entre las callejuelas el guía nos llevó con él. Nos pidió datos de nacimiento y nos hizo regresar en dos horas. ¿Mago o charlatán? *Ta ta ta taaan…*

La ciudad, ya de noche, parecía carecer de suburbios, ninguna calle desembocaba en un centro, o una alameda. Era una urbe iluminada, atestada de gente y de ruido. Todas las personas se apretujaban, se pisaban, una necesidad de vivir rozándose. Teníamos que abrirnos camino a empellones cuando justo al lado había tanto espacio libre. Como peregrinas, nos dirigimos al río. Caminamos junto a unos lisiados con muletas, ancianos reducidos a esqueletos llevados en hombros por los más jóvenes. Había otros a los que nadie ayudaba, por lo que, de forma automática, elegí tomar del brazo a una anciana que apenas podía sostenerse para bajar los escalones. Junto a nosotras caminaban vacas, perros flacuchos en puros huesos. Paradójicamente contentas, Marifer y yo nos unimos a aquel inmediato misterio.

Séptima parada: Ceremonias de la Puja "Ganga Arti" con ofrendas en el *ghat Dasaswamedh,* que significa los diez caballos que sacrificó Brahma. Los *sadhus* guiaban la ceremonia de música, luces y colores que salpicaban el escenario. Eran las siete de la noche cuando prendimos cada quien una velita rodeada de flores anaranjadas sobre un platito de cartón. Las dejamos correr en el río Ganges para que nuestros deseos fluyeran con el viento y poco a poco se difuminara la luz. Yo te la ofrecí con plena devoción, con reverencia infinita hacia tu vida, papito. Subimos a otra barquita para acercarnos lo más posible al escenario. Todas las lanchas amontonadas en la orilla para presenciar un espectáculo resplandeciente, lumínico con sus cinco sacerdotes prendiendo lamparillas destellantes con las que bailaban al ritmo del fuego. La oscuridad reinante disipaba las pálidas llamas de los candiles que ardían en las antorchas y cuyo brillo tembloroso se exponía sobre las aguas. Primero fue la danza de la energía femenina con movimientos tenues y circulares, luego, la luz de la energía masculina, como si fuera la boca de un dragón que despachaba fuego al ritmo de los tambores. Dos ceremonias se presentaban simultáneamente, pero decidimos concentrarnos en la de los cinco bailarines. Tanta luminosidad me cegó a tal punto que cerré los ojos para envolverme con aquella efervescencia energética casi intolerable. Durante la función, convivimos con un chico ruso realmente bello, era la versión *gay* de mi hijo Román. ¡Igualito! Como si él mismo estuviera sentado con nosotras, compartiendo ese momento mágico. Lo extraño muchísimo. Espero algún día tener la oportunidad de viajar con él a su destino favorito: un safari en África. Lo de él es lo salvaje. Todo este *show* espiritual lo hubiera desquiciado. Al chico ruso le acababan de robar sus compras para su mamá moscovita, bolsas de saris de seda e incluso el poco dinero que tenía. Lo que sí traía encima era *harta* mota, la cual nos compartió e hicimos como si la fumáramos para no desairarle. Era tal el éxtasis en el que estábamos sumidas que no necesitábamos la hierba sagrada. Nuestro estado alterado de conciencia era naturalito. Nos despedimos de él no sin antes compartirle algunas rupias. *"Love is Varanasi"*.

Octava parada. En busca de las predicciones y respuestas del mago-astrólogo. Mientras Marifer estaba con él, yo recorrí el mercado con el guía que me llevó a una tienda de su primo. No resultó fácil llegar ahí. Atravesamos callejones estrechos, sucios y sofocantes, repletos hasta el tope de mendigos. Como siempre, acabé comprando pantalones guangos tipo hindú, y chales amplios de algodón. La diferencia es que ahora sí regateé hasta más no poder. Si hubiera sabido que las cosas las puedes adquirir a cien rupias, no habría pagado mil quinientas en *Jaiselmer* por los mismos trajecitos. Qué tomada de pelo nos dieron, me doy pena. Sentadita en un banquito escondida entre la mercancía textil, me ofrecieron té chai caliente con leche hervida. Al rato regresamos por Marifer, que no obtuvo ni una pizca de sabiduría ni de satisfacción del charlatán, excepto gastar sus últimas rupias del día. Al salir, decepcionadas, seguimos caminando por las callejuelas, adentrándonos a recovecos del inframundo. El caos completo, horror, complejidad, color… ¿Será que la locura los cura?

inhala- exhala

onó el despertador a las cinco de la madrugada, la luz tenue de la luna iluminaba con su blanca palidez a través de las rendijas de las persianas, rápidamente nos dimos un regaderazo, nos vestimos con nuestras nuevas compras y nos apresuramos a los *ghats* callejonenado las laberínticas calles de Varanasi. En nuestro camino sorteamos perros durmiendo mientras que las vacas empezaban a despabilarse. Poco a poco, la ciudad cobraba vida. Llegamos al *ghat* donde habíamos quedado con nuestro guía Gruñón-Eficiente, quien apuntó a la dirección contraria de ayer. Al otro lado del río, fuera de los cre-

matorios. Despuntaba el sol en el horizonte. Absortas, vimos a la gente bañándose con jabón, cepillándose los dientes, dándose un chapuzón madrugador, mujeres restregaban su ropa en los escalones, otros rezaban sus oraciones haciendo rituales dentro del agua, otros *sadhus* meditaban sobre una piedra cuadrada en flor de loto, otros practicaban yoga con taparrabos anudados a la cadera. Otros permanecían con los brazos extendidos hacia el cielo. Todos iban descalzos. Se entregaban al ritual de purificación: caminaban por la orilla con los pies en el agua, y a veces se sumergían unos instantes en el río, de cuerpo entero. Por más brocados de sedas, turbantes y bordados de colores con que adornan sus cabezas y cuerpos, nada cubría sus pies. ¿Símbolo de humildad? Su existencia es tan simple, tan ofensivamente natural. No hay manera de no sonreír al verlos en sus actividades cotidianas, a sabiendas de que en esas aguas donde se lavan, se tiran cuerpos muertos cada hora, defecan y orinan niños y perros, se pudren las flores flotantes de las ceremonias, se desembocan las cloacas de toda la ciudad. Subimos a la barca y, ¿quién crees que estaba ahí, papi?, el rusito bello, con tu colorido. Nos abrazamos como si fuera un hijo o el hermano que nunca tuve, o peor aún, un amor perdido en el tiempo, como si ese momento fuese el único chance para vernos en esta vida. En esos ojos también me fundí, ¿cuántas ventanas hay para acceder al cielo? Mientras disfrutábamos el viento matinal y el sol saliente, vimos pescadores recogiendo sus peces en las redes, vacas y más vacas bebiendo agua. Qué bueno que no se comen a las vacas, ¿a qué sabrían sus carnes?

La India ha sido para mí un encuentro con la otredad. Una gran lección de humildad y aceptación. A cada paso me devela sus secretos, sus señales, sus símbolos, su diversidad y su inmensidad, su riqueza y su miseria, su misterio y su luz y, sobre todo, la imposibilidad de comprenderla. El gran indólogo alemán y amigo de Nietzsche, el profesor Deussen, explicaba el meollo de la filosofía de los hindúes de la siguiente manera: "El mundo no es sino *maya*, ilusión. Todo es ilusorio, con una única excepción: mi propio yo, mi *atman*… Al vivir, el hombre siente que es todas las personas y todas las cosas, así que no puede anhelar nada, pues tiene todo lo que es posible tener y, al sentirse todo, no puede hacer daño a nadie ni a nada pues nadie hace daño a uno mismo." Nunca hiciste daño a nadie. Ahora tienes todo lo que es posible tener, como dice Deussen… la intemporalidad, el espacio eterno, el amor de quienes te amamos, la omnipresencia celestial, el sendero divino, la pureza de tu gran espíritu. Ahora tú eres yo, y yo soy tú.

Se están agotando los días de esta gran travesía por donde nos has acompañado. Cada vez son más nítidos tus gloriosos recuerdos, imposible no dejarme acurrucar por ellos.

Te veo regar aquel pinito en el camellón junto a la puerta de la casa diariamente cuando regresabas del trabajo, ese que con tanta meticulosidad cuidabas para verlo crecer. Un día colgamos de su endeble tronquito una cuerda para sostener una lona para el patio. Organizábamos una fiesta de Halloween con los amigos vecinos. De repente, el arbolito se desprendió con todo y raíces y quedó volando. Llegaste, como todos los días, a ponerle agua y, cuál fue tu sorpresa de encontrarlo flotando cual papalote. Sólo de acordarme sigo riéndome contigo. Te observo jugar a tu colección de carritos de todas las marcas dentro de la estantería de acrílico en el cuarto de televisión. Los limpiabas con delicadeza, uno por uno. Allí sí que tenías paciencia, aunque no lo creas. Me brinca a la memoria cuando, cual pavo real, me tomaste del brazo para caminar por la gran alfombra roja que me conducía al altar para entregarme a Rodrigo. Tus ojos brillosos por las lágrimas miraban con orgullo al verme hecha toda una mujer. Y qué dices del día en Orlando con las llaves perdidas del coche sin saber si reír o llorar. Teníamos la orden explícita de buscarlas, pero mejor decidimos rendirnos con una jarra de cerveza en el bar como si fuesen a aparecer por obra de magia. Pasamos dos horas eternas platicando en la barra como dos amigos entrañables. Mientras tanto, mi mami y Reni hacían cola para volar con Dumbo. Me viene la imagen recurrente en la que estás sentado en tu sillón preferido leyendo muy concentrado un libro grueso entre tus manos. Tú los leías primero para luego pasármelos. Tenía escasos doce años y ya había devorado aquellos de suspenso de Robert Ludlum, el Informe Chapman, de Irving Wallace, Médico de Cuerpo y Almas, de Taylor Caldwell. Un repertorio literario ilimitado. Te debo mi amor a la lectura. O, cuando en las bodas o fiestas a las que asistía mi mami tú sacabas tu inconfundible pañuelo de algodón blanco para cubrir el humo del cigarro y así mi mami no se diera cuenta. Nos tenía prohibido fumar a Beca y a mí. Pero tú, nuestro cómplice y amigo incondicional, nos salvabas de todas. Como aquellos domingos que nos ayudabas a tender nuestras camas y lavar los trastes. Nadie con tu destreza para desempeñar esas labores con excelencia. Ay, papito, ni todos los viajes a la India serían suficientes para recordar tantos momentos irrepetibles contigo. Gracias a ti, sé reír. Veo la vida con sencillez y sentido del humor. Me enseñaste a amarla. Nunca tuve de ti reclamos, ni regaños, ni siquiera un grito. Gracias a ti, invertí una buena cantidad de dinero para quitarme de encima tanto vello de mi cuerpo heredado de tu inconfundible testosterona. Gracias a ti soy una mujer honesta y confiable, alegre y gruñona. Gracias a ti soy una amiga impecable. ¡Me has dado tanto! Has sido tan comprensivo cuando te contaba mis problemas, siempre escuchándome sin juicio. Jamás me reprendiste, por el contrario, tenías una respuesta sabia que condimentabas con una anécdota que mostraba la lección a aprender. Gracias por tu ternura. Gracias porque tu muerte me ha permitido resurgir y seguir jugando la vida.

Inhalo, exhalo, inhalo, exhalo… tumbadas sobre el suelo sucio, sin tensar los músculos, invito a Marifer a respirar a un ritmo regular. Ponemos las manos sobre el corazón y expresamos un deseo desde nuestro interior. Cada inhalación es absorber fuerza vital que emana de la fuente cósmica y se imbuye en nuestro cuerpo… luego, exhalamos suavemente, limpiando nuestros pulmones, y expulsamos lo inservible.

Es hora de marcharnos de la India. A medida de haber recorrido kilómetros y más kilómetros en sus suelos, ahora me asalta la plena convicción de que es imposible pretender conocer y, sobre todo, comprender este país fascinante. Todo intento sería condenado al fracaso. La dejo con su entrañable "sí misma", con sus infinitos dioses, mitos y creencias, con sus cientos de escuelas, orientaciones y tendencias místicas, con sus inagotables caminos de salvación, de senderos de virtud, de prácticas de pureza y de un sinfín de reglas ascéticas. India, India, India… en ti caben todas las personas, todas las cosas, cabe la aceptación irremediable de lo que existe, cabe la tolerancia, la convivencia indiscriminada de todos sus habitantes. Eres Unidad. Eres intensidad. Eres lo más poderoso que he vivido. Lograste transformar mi desconsuelo en un propulsor de esperanza. Sin ti no me hubiera percatado de que la muerte es vida, que la vida es muerte.

realidad

ola Rodri,

Llegamos hoy al medio día a Nepal. Despegamos del aeropuerto de Varanasi, que me dejó impresionada, muy grande y de categoría AA. El vuelo muy bueno por Air India. Llegando a Katmandú tuvimos que perder mucho tiempo en una larga cola con un montón de turistas de todas partes del mundo, entre ellos nuestras amigas argentinas, la pareja americana, y la familia italiana que invariablemente nos encontrábamos en alguna parte y ahora aquí. Gracias a esas influencias pudimos sacar rápidamente la visa para entrar. Katmandú, precioso lugar. Limpio. Una diferencia abismal con mi amada India. Por fin, comimos en un restaurante decente una pizza que nos supo a gloria en la zona turística muy occidentalizada. Un ambientazo de jóvenes que vienen a subir al Everest y hacer trekking y caminatas imparables. Estoy justamente en un cibercafé bastante animado. Otro rollo. Ya entramos a esta dimensión conocida dejando atrás las ratas cósmicas, las vacas cagonas y los changos rascagüevos.

Ya mero nos vemos, amor... ¿Cómo van las cosas? ¿Algo cambió en mi ausencia? ¿Cómo están Reni y Román? Ha sido la experiencia más impresionante de mi vida, como meterse a un sensorama continuo. Adentrarse a la mirada de los indios ha sido penetrar la historia de la humanidad. Ya no me dan más ni los ojos, ni los oídos, ni la lengua. ¡Es inagotable! La exaltación de mis sentidos a todo lo que da. Es realmente vivir el presente. No hay más que el hoy. Me sorprendo de mi tranquilidad y ecuanimidad. Ni yo me la creo. Me siento otra. No quiero regresar a la realidad, ja, ja, ja. Me está convenciendo Marifer de que me vaya con ella a Rishikesh. Estoy tentada, muy tentada. ¿Qué harías tú en mi lugar?

Ay, amor, no sé si tú hubieras podido aguantar lo que hemos visto y olido. Ya te contaré la experiencia que tuvimos cuando perdimos el tren de Kahajuraho hacia Varanasi. Hoy, en el amanecer, estuvimos en el Ganges, presenciando las cremaciones de los muertos, los rituales, las flores, el baño de los hindúes en el río, los monjes, los sabios, los gurúes, la yoga, la marihuana, la pobreza, la vacas zurrándose en los canales, los changos en los templos, las motos, los tuk tuks pitando todo el tiempo, los ojos acuosos e intensos de los indios… ¡wow!

Bueno, ya se me acabó el tiempo del internet y tenemos que caminar hasta el hotel. Vamos a ir a los Himalayas mañana... y quizá en una de esas volemos sobre el Everest. ¿Me depositaste algo? ¡Cómo come tu hija!

Te amo, nos vemos en tres días o cuatro. Ya ni sé en qué día vivo.

blancura

espierto con la luz fulminante de mi celular que entona una melodía jacarandosa y avisa que son las cuatro de la madrugada. Ya es hora de levantarnos. Me visto ilusionada con un vestido holgado de manta blanco y un chal inmaculado. Subimos al auto del nuevo conductor aquí, en Katmandú. Mi atuendo resalta con el oscuro de la mañana. "El camino es largo. Para llegar a la cumbre, tomará una hora y media", nos informa Neerag. Me acomodo en el asiento trasero y recorro en silencio el camino sinuoso. Marifer se recuesta y se vuelve a dormir en la parte delantera. La neblina está espesa, limpia como la frescura del día que se avecina. Apenas vislumbro los árboles que están envueltos en esa exuberante niebla. "¿Será que va a llover?", pregunto. Neerag no responde, simplemente mueve la cabeza y continúa conduciendo al destino programado. Llegamos al filo de las seis de la mañana a lo más alto del cerro. Abre la puerta y nos señala con el dedo índice que subamos los cuatrocientos escalones y que, al llegar al último, encontraremos una gran terraza y desde esa altura podremos observar el amanecer. Obedecemos desconcertadas al notar su poco entusiasmo por una hazaña rutinaria para él, pero extraordinaria para nosotras.

El aire está húmedo. Siento un leve escalofrío. El manto blancuzco de la neblina persiste. Subo como si me dispusiera a llegar al cielo. Y ahí, en esa enorme explanada veo con asombro cómo se asoma, apenas en penumbras, una luz tan pura como los majestuosos picos de nieve que engalanan el horizonte. Floto en ese blanco tan blanco que me estremezco. Son tan blancos que me ciegan. Es tan pura su pureza sin mancha que me impide ver qué hay más allá. Impenetrables son sus límites y su vacío aterra. Enfrente de mí están los picos más altos del mundo: los Himalayas. Me pellizco para percatarme de que estoy aquí. Espero con ansiedad que aparezca el primer rayo de sol y de pronto, salta una llamarada ardiente.

El Everest emerge y responde a mis plegarias. ¿Puede haber más blanco que ese blanco? ¡Apaguen tanta luz para que yo pueda ver! Tengo la impresión de que el eterno fuego va a derretir la nieve. No es así. Sólo la enaltece con más fuerza. Mi mirada se pierde en el horizonte. Norte, sur, este y oeste dan lo mismo, si siempre llego al mismo punto: la nada. ¿Acaso tiene color la nada? Las lágrimas salpican mis mejillas. ¿De qué color está hecho el gozo? ¿Qué color tiene la plenitud? ¿Y la paz? ¿Y el regocijo? ¿Tiene color la serenidad del alma? ¿Dónde estoy? Veo personas pasando a mi lado. Visten de blanco al igual que yo. ¿Serán ángeles? ¡Instante sagrado! Marifer me mira y se sonríe para alejarse con ellos. El sol nos da la bienvenida a todos sólo por una milésima de segundo, para después esconderse con timidez en la impecabilidad de las esponjosas nubes. Suaves, sutiles, delicadas. Me pregunto si estaré tocando la bóveda celeste, la cual siempre me contaron que existía. ¿Morí sin darme cuenta? Toco mi cara con las manos, siento el vaho salir por mi boca, focalizo la mirada y me doy cuenta de que estoy más viva que nunca. La ligereza de mi cuerpo contradice lo macizo del suelo en el que, al parecer, ya no piso. Me abandono a sensaciones extrañas y doy un clavado en ese lienzo claro de mi vida. ¿Qué colores deseo plasmar en él? Por ahora no quiero más que sumergirme en el blanco. ¡No quiero manchas, pero tampoco tanta claridad! Quiero palpar mi humildad a solas, rendirme al centro de esa blancura.

¡Qué insoportable es la luz de la verdad!

Me doy cuenta de mi soledad. Vuelvo a mirar las montañas y allí, en medio de dos picos guardianes se dibuja tu rostro, padre mío, con destellos dorados, y tus ojos azules me miran con dulzura. ¡Ya no estoy sola! Sopla el viento y quiero volar hacia ti. ¿Hay por ahí un ángel perdido que quiera prestarme sus alas?

Neerag me mira absorto descender las escalinatas, sin saber si la mujer que subió una hora antes es la misma que ahora baja descalza.

¿Sabías que TATA en hindú significa A-Diós?

Carta de un padre a su hija

Mis mujercitas amadas:

esde el cielo más azul y nítido les envío mi amor más profundo a cada una de ustedes. Hoy hace un año me vine para este lado del sol, me encuentro calientito y muy ligero. Las extraño mucho y sé que a ustedes les hago mucha falta también. He escuchado su llanto y he querido quitar esas lágrimas de sus mejillas con mi pañuelo blanco; he visto cómo hablan de mis travesuras y cómo mis recuerdos son más intensos que nunca. He querido descender por una cuerda envuelta de camelias a hacerles cosquillas y caricias; he notado cómo alzan los ojos al cielo en esas noches oscuras buscando una

235

señal mía y he querido prender una estrella para que vean cómo desde aquí les guiño un ojo…

Estoy bien, amores míos… observo desde esta luz infinita la vida terrena y me regocijo con toda la paz que di en vida. Hoy en mi primer aniversario de haberme adelantado a esta otra dimensión, les pido sientan mi amor en cada latido de su corazón. Ya no es momento de llorarme, sino de aceptar que mi partida era inevitable y que estaré siempre con ustedes. En este reino, el tiempo no existe. Estaré esperándolas para que algún día, cuando así lo disponga el gran Dios, nos estrechemos todos de nuevo. Por ahora, disfruten y gocen todo lo que están viviendo. He estado con ustedes en cada momento: bailé con Beca en su boda y le di mil veces mi bendición y estoy seguro que sintió suavemente mis dedos largos en su frente, así como en sus cincuenta primaveras coloqué un listón de mil colores en su alma; estuve también acompañándote con todo mi ser a ti, mi Vero preciosa, entregando a mi amado Eduardo al altar en ese día tan feliz… ¡Ah!, cómo lloré viéndolo parado en frente de la virgen con su smoking impecable amalgamado a mi tocaya. A ti, mi Adri, me alegro con esta noticia maravillosa de que Ale se casa y de que Jess está encontrando la suavidad de su corazón. Tantas sorpresas y cambios en tu familia que estoy seguro estás sabiendo lidiar con mucha alegría. Y contigo, mi Mache, he viajado hasta el alma del mundo, la India, con su gran caleisdoscopio disfrutando del paseo en elefante y camello con Marifer, hasta los mares del norte en Canadá visitando a la Reni y viendo cómo se ha hecho una señorita. Disfruto de tus ganas para seguir creciendo y dando lo mejor de ti.

No puedo dejar de sentir sus alegrías y sus tristezas. Las siento enteras, felices, tan dueñas de sí mismas y con tantas cosas que vivir todavía. Permítanme estar al lado de ustedes en toda su vida. Llévenme a donde vayan, sientan mi ternura, mis caricias, mis ojos sonrientes y el canto de mis carcajadas…

Gracias, hijas mías, por velar por su mami y estrecharla todos los días con su presencia. Ella tiene la fuerza y está llena de luz… ¡no dejen que se apague!

Las amo profundamente desde este lugar llamado Cielo…

PAPÁ